정령
환상기

얼른 정리하고 와줘.
의지하고 있으니까.

⋯⋯알겠습니다.
바로 돌아오겠습니ㄷ

치료하기 시작한 리제롯테가
천진난만한 미소를 지었다.
아리아는 입을 살짝 벌리며
훗 하고 미소 짓고
인사를 올린 뒤, 인간의 범주를 벗어난
속도로 그 자리를 떠났다.

6

키타야마 유리
Yuri Kitayama
Illustrator◆Riv

봉마의 전주곡

정령
환상기

커버 및 본문 일러스트_ Riv

CONTENTS

�֎

정령의 마을

사라
은늑대 수인 소녀

오피아
하이엘프 소녀

아르마
엘더드워프 소녀

아르슬란
사자 수인 소년

벨라
은늑대 수인 소녀이며 사라의 동생

드뤼어스
정령의 마을에 사는 준고위 정령

벨트람 왕국

세리아 크렐
리오의 학원시절 은사인 백작 영애
원치 않는 정략결혼이 임박했다

라티파
노예였던 여우 수인 소녀이며 이세계 전생자
리오를 오빠라 부르고 좋아한다

가르아크 왕국

**리제롯테
크레티아**
공작 영애이자 리카 상회 회장

**크리스티나
벨트람**
벨트람 왕국
제1왕녀

**플로라
벨트람**
벨트람 왕국
제2왕녀

리오
이세계 전생자, 전생의 기억을
가진 소년, 현재는 미하루 일행의
안전을 최우선으로 행동하고 있다

아마카와 하루토
리오의 전생이자 일본 대학생
이었던 청년, 미하루와 소꿉친구
이며 아키와는 이부남매

아이시아
리오 안에 잠들어 있던 계약정령.
고위 정령인 듯하나, 본인의 기억은 모호

아야세 미하루
하루토의 소꿉친구이며 첫사랑인 소녀.
은인인 리오의 전생이
하루토라는 것은 모른다

사카타 히로아키
용사로 이세계
소환된 청년

센도 아키
하루토의 이부남매이며
마사토의 의붓누나

센도 마사토
밝고 솔직한
아키의 의붓동생

이세계 전이자

벨트람 왕국 왕도 벨트란트. 아르보 공작가의 적자인 샤를과 크렐 백작가의 영애인 세리아의 결혼식이 중단된 그 날 밤.

신부가 납치당한 샤를은 자택 응접실에서 프로키시아 제국의 대사인 레이스를 맞이했다. 레이스는 군살 없는 몸에 군복에 준한 차분한 색의 정장을 입고 있었다.

레이스는 샤를의 맞은편 소파에 앉았다.

"정말 엄청난 재난이었군요. 소중한 혼약자가 납치되어 근심이 크리라 사료됩니다. 오랜 친구로서 진심으로 위로드립니다."

그리고 낮고도 매우 침착한 목소리로 샤를을 위로했다.

"으, 음. 격려 감사합니다. 레이스 공이 모처럼 우리나라까지 오셨는데 면목 없군요. 이번 일로 프로키시아 제국에 폐를 끼칠지도 모르겠습니다만……."

한편, 샤를은 초조한 표정으로 레이스의 안색을 살피며 말했다.

"그렇군요. 분명 현재 상황은 프로키시아 제국으로서도 대단히 안타까운 사태가 아닐 수 없습니다. **아르보 공작가가 이끄는 현 벨트람 왕정부는** 뛰어나고 강력해야 하니까요. 이번 일로 귀국이 입게 될 악영향을 묵과할 수 있겠습니까?"

레이스가 솔직하게 긍정하며 깊이 파고든 질문을 했다. 왕도에는 지금도 속으로는 아르보 공작가에 반감을 품은 귀족들이 적잖이 있는데 그들의 입을 막을 수 있겠느냐고.

"……염려 마십시오. 지금의 왕도에는 기개 있는 반대파 귀족이 없습니다."

샤를은 잠깐 말문이 막힐 뻔했지만, 간신히 냉정하게 대답했다.

"그렇다면 괜찮습니다만, 유그노 공작파가 가르아크 왕국과 손을 잡으려는 움직임도 있으니까요. 배반자가 나와 그쪽으로 흘러가면 곤란하다고요? 지금 현 벨트람 왕정부가 너무 약해지면……."

레이스가 의심하듯이 말했다.

"물론, 알고 있습니다."

샤를은 살짝 상기된 목소리로 힘차게 대답했다.

"그거 기쁘기 그지없군요. 가령 벨트람 왕국과 가르아크 왕국의 동맹파기가 백지로 돌아갈 경우에는 우리나라와의 우호조약 체결도 백지로 돌아갈지도 모르니까요."

"무슨, 곤란합니다! 이야기가 다르지 않습니까. 우리는 교섭에 따라 이미 가르아크 왕정부와 거리를 두기 시작했습니다. 이제 와서 다시 가까워질 수 있을 리 없습니다!"

레이스가 천연덕스럽게 말하자 샤를이 갑자기 당황하며 호소했다.

"그러니 아르보 공작 정권이 벨트람 왕정부의 고삐를 단단히 잡아야 한다는 겁니다. 부탁드립니다. 이젠 돌이킬 수 없으니까."

너희 아르보 공작파 때문에 벨트람 왕국은─. 레이스는 마음속으로 말을 덧붙이며 입가에 싸늘한 조소를 그렸다.

"윽……. 무, 물론. 이 정도 사태는 별거 아닙니다."

샤를은 말문이 막히자 자신에게 말하듯이 초조한 목소리로 대답했다. 겨우 다시 돌아왔는데 이런 데서 좌절해서는 안 된다고.

"아주 믿음직하군요. 우리도 안심이 됩니다. 그건 그렇고─."

레이스가 만족스럽게 대답하더니─.

"신부 납치 사건은 해결될 기미가 보입니까?"

갑자기 세리아가 납치된 사건의 수사 정보를 떠봤다.

"……**왕국의 위신을 걸고 범인인 남자는 처리했습니다**. 다만, 아시는 대로 세리아의 행방은 불명이고 어떻게 됐는지 파악하지 못한 상황입니다. 범인 외의 공범자가 잠복해 있다가 데려간 거겠죠. 현재, 왕도 근교의 가도는 전부 봉쇄하고 철저히 수사하고 있습니다만……."

샤를이 괴롭게 얼굴을 찌푸리며 무난한 정보를 말했다.

"호오, 범인을 처리했다고요? 멀리서 봐도 상당히 노련해 보였습니다만……. 거참, 훌륭하군요."

레이스가 일부러 눈을 크게 떴다.

"……확실히 성가신 상대였습니다. 보고에 의하면 근위 기사단 알프레드의 공격을 받고 **흔적도 없이 사라졌다는 군요.** 범죄자에게 어울리는 말로입니다."

시체가 확인되지 않았으니 생사불명이 맞지만, 샤를은 모멸감을 숨기지 않고 사실을 과장했다.

"그래요……. 벨트람 왕국 최강으로 이름 높은《왕의 검》이 상대였다면 이해가 되네요. 그 범죄자의 운이 나빴……아니, 처음부터 무모했군요."

레이스는 생각에 잠긴 얼굴로 고개를 끄덕이며 납득했다.

'뭐, 사실은 능숙하게 행방을 감춘 거겠죠. 소동이 일어난 뒤, 강력한 정령의 기척이 왕도 밖으로 사라졌으니까요. 신부는 그 정령이 실체화해서 데려갔다고 생각하는 게 타당해요. 그 범죄자도 상당한 수준의 정령술사일 가능성이 높고. 거참, 정말 대담하고 훌륭하다고밖에 할 말이 없어요.'

꺼낸 말과 달리 속으로 그렇게 분석하고 몰래 감탄했다.

"……정말 무모하고 우매하고 후안무치한 것도 정도가 있지. 이 무슨 비열한……."

한편, 샤를은 몹시 화가 나는지 빠득 이를 갈며 분노했다.

범인이 죽어도 세리아를 되찾지 못하면 샤를, 나아가서는 아르보 공작가의 체면은 엉망인 채였다. 레이스의 앞이라 태연한 척했지만, 사실은 속이 뒤틀려 죽을 것 같았다.

레이스는 그런 샤를의 심경과 상황을 정확하게 꿰뚫어

봤다.

'신부를 납치한 범죄자의 목적은 모르지만, 이대로 벨트람 왕국과 본국만 타격을 입으면 재미가 없지. 유그노 공작파나 가르아크 왕국 쪽에도 심각한 피해를 주고 싶군요……. 이런, 정말 손이 많이 가는 남자야.'

레이스는 귀찮아하며 눈앞에서 분개하는 샤를을 봤다. 그리고 싸늘하게 작은 한숨을 내쉬었다.

"아무튼 지금은 하루라도 빨리 신부를 찾기를 기원합니다. 벨트람 왕국 쪽이 불리해지지 않도록 저는 저대로 이번 일을 본국에 잘 전하도록 하지요. 친구로서 조금이라도 당신의 걱정이 더해지지 않도록, 부족하나마 돕겠습니다."

그리고 공허한 미소를 지으며 상냥하게 말했다.

"……신경 써주셔서, 감사합니다."

샤를이 안도의 한숨을 내쉬고 감격하며 레이스에게 머리를 숙였다.

"아뇨, 아뇨. 우리는 이미 운명 공동체. 잘 헤쳐나가야 하지 않겠습니까."

레이스가 후훗 웃었다.

"음."

샤를이 힘차게 긍정했다.

"아, 그러고 보니 초대 손님 중에 리카 상회 회장 리제롯테 크레티아가 있었죠. 가르아크 왕국에서 온 초대 손님 중에서는 가장 거물 아닌가요?"

레이스가 문득 생각났다는 듯이 화제를 바꿨다.

"음? 아, 왕족 초대를 삼가는 대신 초대했습니다만, 우리나라에 미치는 리카 상회의 영향력이 제법 뿌리 깊기도 해서요."

샤를이 조금 겸연쩍어하며 말했다. 프로키시아 제국과 평화 교섭을 맺는 조건으로 가르아크 왕국과 거리를 두기로 한 상황에서 가르아크 왕국의 거물 귀족을 초대한 것은 그다지 바람직하지 못하다고 생각했기 때문이다.

"뭐, 무시 못 하는 것도 무리가 아니죠. 그 리제롯테 크레티아는 제법, 상당한 재원이라더군요. 리카 상회의 이름은 우리 프로키시아 제국에도 퍼져있습니다."

그러나 레이스는 리제롯테를 식에 초대한 것을 특별히 마음에 두지 않고 잡담이라도 하듯이 말했다.

"이제 열다섯 살인 어린애입니다. 아비인 크레티아 공작의 수완 덕도 크게 봤겠죠……."

샤를이 레이스의 안색을 살피며 리제롯테에 관해 이야기했다.

"하지만 앞으로의 우리로서는 경제적인 영향력은 간과할 수 없겠는걸요?"

레이스는 뼈 있는 말을 하며—.

'일단 그녀를 건드려 볼까요. 예정이 조금 앞당겨지겠지만, 아망드는 원래 습격할 예정이었으니까요.'

교활한 미소를 입가에 살며시 그려냈다.

𝕂 제 1 장 𝕁 ✳ 앞으로의 방침

　한편, 시간을 되돌려 리오가 세리아를 데리고 사라진 날, 저녁이 되기 직전.

　리오는 세리아를 품에 안고 아이시아와 함께 정령술로 하늘을 날아 가르아크 왕국 남서쪽에 있는 크레티아 공작령으로 이동했다. 현재 위치는 벨트람 왕국 왕도에서 봤을 때, 동쪽에 있는 벨트람 왕국 국경 부근에 펼쳐진 숲 상공이었다.

　부근에는 리제롯테 크레티아가 대관을 맡고 있으며 리카 상회의 거점인 교역도시 아망드가 있었다. 가르아크 왕국의 아망드를 목적지로 고른 것은 벨트람 왕국 왕도에서 조금이라도 멀어지고 싶어서이기도 했지만, 앞으로 필요할 세리아의 생필품을 아망드 리카 상회에서 마련하기 위해서였다.

　여기까지 오는 동안 리오 일행은 많은 이야기를 나누었다. 화제는 리오가 벨트람 왕국을 도망쳐서 야구모 지방에 도착하기까지 일어난 일, 야구모 지방에서 슈트랄 지방으로 돌아와서 일어난 일 등이었다.

　옛날 일부터 순서대로 넓고 얕게 이야기했지만, 애석하게도 할 말이 너무 많아서 아직 꺼내지 못한 화제도 많았다. 지금도 계속 이야기를 이어가는 중이었다.

"아, 그래서 리오는 각지의 용사님을 찾는 거구나……."

리오는 세리아에게 이세계에서 소환된 미하루 일행을 보호한 것, 그 미하루 일행을 모처에 맡긴 것, 그리고 용사가 됐을 가능성이 큰 미하루 일행의 친족, 친구를 그들 대신 찾고 있다는 것을 설명했다.

"네. 이번 일로 벨트람 왕국의 용사는 아니란 것을 확인했지만, 다른 용사와 관련된 정보는 아직 하나도 몰라서요. 선생님은 아는 거 없으세요?"

리오가 기대를 담아 세리아에게 물었다. 근래 한동안 성의 영빈관에 틀어박혀 살았다고는 하나, 귀족인 그녀라면 잡담을 통해 그런 정보를 얻을 기회가 많지 않을까 싶었다.

"공식 발표가 있었던 건 아니지만, 벨트람 왕국 외에 두 나라가 용사소환을 일으킨 성석을 소지하고 있을 거야. 그리고 벨트람 왕국에는 성석이 하나 더 있어. 지금은 아마 플로라 님과 함께 하고 있는 유그노 공작파가 가지고 있을 텐데, 이건 이미 아는 정보야?"

세리아가 자신이 아는 정보를 말했다.

"역시 세리아 선생님이에요. 전부 몰랐던 정보예요."

리오가 눈을 크게 뜨며 감탄하고 입가에 미소를 지었다.

"벼, 별로 대단한 정보는 아니야. 요즘은 용사소환이 종종 화제에 오르니까 조금 조사해보고 남에게 묻거나 주워들은 정도지."

세리아가 부끄러운지 뺨을 붉혔다.

"그럴 리가요. 학원에서 물어본 연구자는 세상일에 그다지 관심이 없는지 성에 소환된 용사의 이름 정도밖에 안 알려준걸요."

리오가 쓴웃음을 지으며 말했다.

"아하하, 연구직으로 일하는 귀족 중에는 별난 사람도 많으니까. 그나저나 학원에서 연구자에게 물어보다니……. 뭐, 성에서 내 방까지 숨어들었으니 말 다했나? 이렇게 하늘도 날고, 역시 정령술은 대단해……."

세리아가 갑자기 정신이 들었는지 정령술에 오늘만 해도 몇 번째일지 모를 경이를 표했다. 여러모로 충격적인 이야기와 사건이 많아서 감각이 마비됐지만, 연구자로서 정령술에 큰 관심이 갔다.

"으음, 정령술이 대단하다기보다는 아이시아가 대단한 거예요. 정령술은 마법과 비교할 수 없을 정도로 기량 차이가 현저히 드러나니까요."

리오는 이런저런 생각으로 끙끙거리다가 묵묵히 옆에서 날고 있는 아이시아에게로 관심을 유도했다.

"하루토가 더 대단해."

그러나 아이시아는 간소하게 대답했다.

"후후. 아이시아가 그렇다는데?"

세리아가 유쾌하면서도 왠지 기뻐하며 리오의 의중을 살폈다.

"아하하. 그렇지 않은데 말이에요."

아이시아는 정령술의 태조라 할 수 있는 정령 중에서도 상당히 고위의 존재였다. 하지만 너무 깊이 파고들면 이야기가 길어질 것 같아서 리오는 웃어넘기기로 했다. 아이시아도 자기 생각을 굽히지 않을 테니까.

"내가 보기에는 둘 다 대단해. 그리고 리오가 이렇게 훌륭하게 성장해줘서 정말로 기뻐. 키도 나보다 훨씬 커졌고."

그러자 세리아가 생글생글 웃으며 리오를 칭찬했다.

학원 시절에는 마법을 쓰지 못해 주위의 놀림을 받았지만, 사실은 정령술이라는 대단한 능력을 쓸 수 있었던 것이다. 그리고 자신을 궁지에서 구해냈다. 그것이 참을 수 없이 기쁘고 자랑스럽기 그지없었다.

"고맙습니다."

리오가 살짝 수줍어하며 감사를 표했다. 세리아는 그런 리오의 얼굴을 흐뭇하게 올려다봤다.

"……어라, 잠깐만. 왕성에도 용사님과 다른 아이가 이 세계에서 함께 소환됐는데 다른 아이와는 말이 통하지 않았다고 들었어. 네가 보호한 아이들은 말이 통했어?"

그러다 갑자기 용사 수색 이야기가 다시 생각났는지, 거기서 문득 떠오른 의문을 꺼냈다.

"아, 음, 역시 눈치채셨네요……."

리오가 조금 난처한 표정으로 쓴웃음 지었다.

"……저기, 혹시 물으면 안 되는 거야?"

세리아가 리오의 표정 변화를 알아차렸는지 분위기를

살피며 물었다.

"아뇨, 어떻게 설명하면 좋을까 싶어서……. 일단 해가 질 테니 오늘은 이 근처에서 쉴까요? 이야기는 그 뒤에 하죠. 아이시아, 적당한 공터를 찾아서 내려가자."

리오는 고개를 가로저으며 적당히 넘기고, 곁에 있던 아이시아에게 말을 걸어 천천히 고도를 낮추기 시작했다. 미하루 일행에게 전생의 기억이 있다는 것을 말한 경험이 있다고 해도, 상대가 세리아라고 해도, 아니, 상대가 누구든 이 화제를 설명하려면 마음의 준비가 필요했다.

"아, 응."

세리아는 머뭇거리며 고개를 끄덕이고 리오에게 좀 더 힘주어 기댔다. 곧 숲속에 있는 공터를 찾아 착지했다.

"바로 쉴 곳을 준비할 테니 잠시만 기다려주세요. 드레스가 더러워지지 않게 조심하시고요."

리오가 말하고 부드럽게 세리아를 땅에 내려줬다.

"……응. 여기서 쉬게?"

세리아가 살짝 넋이 나간 얼굴로 쭈뼛거리며 주위를 둘러봤다. 어슴푸레한 어둠 속에 울창한 나무만 있을 뿐, 숲속은 쥐죽은 듯 고요했다.

"네. 노숙하지는 않을 거니까 안심하세요."

리오는 쭈그려 앉아 땅에 양손을 대고 방긋 웃으며 대답했다. 참고로 지금 이 순간, 정령술로 은밀히 지반을 안정시키고 있었지만, 세리아는 알 턱이 없었다.

"어? 하지만……."

세리아가 고개를 갸웃거리자―.

"《해방마술》."

리오가 일어나 주문을 외웠다. 『시공의 장』이라 불리는 팔찌를 낀 왼손을 뻗고 마력을 조종해 팔찌에 깃든 시공마술을 발동시켰다.

"앗?! 무슨……."

세리아가 놀라서 눈을 번쩍 떴다. 돌연 눈앞의 공간이 소용돌이처럼 일그러지는가 싶더니 갑자기 거대한 바위가 나타났기 때문이었다.

"평범한 바위처럼 생겼지만, 내부는 집이에요. 자, 이쪽으로."

리오가 익숙하게 설명하고 현관을 향해 걸어갔다.

"……."

그러나 세리아는 말을 잃고 멍하니 서 있었다. 슈트랄 지방의 마술 수준으로는 걸음마 수준의 시공마술도 운용하지 못하니 당연한 일이었다.

"선생님?"

너무 놀라게 했나, 리오가 머뭇거리며 세리아에게 말을 걸었다.

"뭐, 야, 이거?"

그러자 세리아가 입을 뻐끔거렸다.

"어…… 시공의 장이라는, 시간적, 공간적으로 격리된

아공간을 해방하는 시공마술을 사용했어요. 정확히는 그게 담긴 마도구를요."

리오가 왼팔 소매를 걷어 장착한 시공의 장을 세리아에게 보여줬다.

"시공의…… 장……."

세리아는 그 이름을 중얼거리고 잡아먹을 듯이 팔찌를 바라봤다.

"선생님?"

그렇게 한참을 빤히 보고 있는 세리아에게 리오가 다시 말을 걸었다.

"더는, ……아."

세리아가 중얼거렸다.

"네?"

리오가 알아듣지 못하고 되묻자—.

"더는, 못 참아!"

세리아가 드레스 자락이 땅에 끌리는 것도 신경 쓰지 않고 리오에게 확 다가갔다.

"네, 네?"

리오가 당황해서 다가오는 세리아를 막았다.

"정령술이 기존 상식을 뒤집을 것 같으니 차라리 모르는 게 낫겠다는 생각에 이것저것 묻고 싶어도 참았지만, 그 팔찌를 포함해서 자세히 가르쳐줘! 아니, 그 팔찌, 조사해 봐도 돼?!"

오파츠 영역에 있는 마술 결정을 보자 세리아의 연구자 혼에 불이 붙었다. 코앞에서 리오의 얼굴을 올려다봤다.

"큭…… 아하하!"

리오는 자기도 모르게 즐겁게 웃음을 터뜨렸다.

그 모습에 세리아가 이성을 되찾았는지 살그머니 뺨을 붉혔다.

"……왜, 왜 웃어?"

그리고 창피해하며 물었다.

"아뇨, 그리워서요. 오랜만에 선생님의 그런 얼굴을 보게 돼서 정말 기뻐요."

리오가 터진 웃음을 참고 부드러운 미소를 지으며 대답했다.

"아…… 아, 아이참! 네가 비상식적인 것만 보여줘서 그래! 나 말고도 마술 지식이 있는 사람이라면 누구나 이럴 거야. 정령술도 그렇지만, 그 시공의 장도 함부로 남에게 보여주면 안 된다? 괜한 문제를 일으킬 뿐이니까?!"

세리아는 뺨을 붉히고 입을 내밀며 의심하는 눈초리로 리오에게 설교했다.

"아하하, 물론이죠. 하지만 지금은 선생님 앞이니까 숨길 필요 없잖아요?"

리오가 태평한 미소를 지으며 세리아를 마주 봤다.

"으…… 하아, 정말!"

세리아는 뺨을 새빨갛게 물들이며 괴로워했다. 리오의

얼굴을 똑바로 보지 못하고 고개를 숙였다.

"선생님?"

리오가 의아해하며 고개를 기울여 세리아의 얼굴을 들여다보려고 했다.

"자, 잠깐, 잠깐만! 마음 좀 가라앉힐래!"

세리아는 황급히 양손으로 리오의 몸을 제지했다.

"……네?"

리오는 여전히 고개를 기울이고 있었지만, 일단 세리아의 말에 따랐다. 세리아는 천천히 심호흡했다.

"……응, 됐어."

그리고 리오의 얼굴을 올려다봤다. 이제야 마주 안을 수 있을 정도로 밀착해 있다는 것을 깨닫고 살짝 거리를 뒀다. 여기까지 계속 공주님 안기로 온 것이라 참으로 새삼스러웠지만.

하지만 그때는 필요해서 밀착한 것이고 지금은 특별히 그럴 필요가 없었다. 세리아에게는 그 차이가 아주 컸다.

"그럼 안으로 들어갈까요? 자, 이리 오세요. 아이시아도 들어가자."

리오는 세리아의 얼굴을 보고 괜찮은 것을 확인하고 발을 돌려 아이시아에게 말을 걸고 이번에야말로 집 현관으로 향했다.

"응."

아이시아가 짧게 대답하고 리오의 뒤를 따랐다. 그러자

세리아도 머뭇거리며 걸음을 뗐다.

"……바위 안에 이렇게 쾌적한 거주 공간을 만들다니……."

세 사람이 집으로 들어가자 세리아가 개방적인 거실을 둘러보고 눈을 크게 떴다.

"쾌적함은 제가 보증할게요. 우선 옷부터 갈아입으실래요? 계속 웨딩드레스를 입고 있을 수는 없잖아요."

리오가 자신 있게 집의 쾌적함을 보증하고 세리아에게 옷을 갈아입자고 말했다.

"……응. 그런데 갈아입을 옷이…… 있어?"

세리아가 리오의 얼굴을 살피듯이 바라봤다. 맨몸으로 왕도를 뛰쳐나온지라 갈아입을 옷이 있을 리 없었다.

그리고 조금이라도 빨리 왕도와 거리를 두기 위해 지금까지 어디에도 들르지 않아서 중간에 물건을 살 시간도 없었다.

"그러게요. 내일 당장 사러 가기로 하고 오늘은 일단……."

리오는 세리아의 키와 몸집을 빤히 바라봤다.

리오는 검은 외투와 전투 장비를 벗고 평상복으로 갈아입고 거실에서 차를 준비했다. 잠시 후, 세리아와 아이시아도 다른 방에서 옷을 갈아입고 실내복 원피스 차림으로 거실로 돌아왔다.

"이거 누구 옷이야?"

세리아가 자신의 옷을 보며 리오와 아이시아에게 물었다.

"용사 소환에 휘말린 아이의 옷이에요. 얼마 전까지 이 집에 지내서……."

그렇다. 지금 세리아가 입은 것은 미하루 일행이 정령의 마을로 이주할 때, 세탁해놓고 깜빡한 아키의 옷이었다. 미하루의 옷은 체격상 맞지 않을 게 분명해서 아키의 옷을 입혀봤는데―

'역시 선생님에게는 아키 옷이 맞는구나.'

잘 맞는 모양이었다. 리오는 중학생 옷이 몸에 맞는 세리아를 보고 흐뭇한 미소를 지었다.

"……참고로, 그 아이의 나이를 물어봐도 될까?"

그러자 세리아가 무슨 생각을 했는지 그런 질문을 했다.

"어…… 열세 살이에요."

리오가 살짝 뜸을 들이고 대답했다.

"여자애가 한 명 더 있다고 들었는데 그 아이는?"

세리아가 살짝 뺨을 부풀리며 추가로 물었다.

"……열여섯 살이요. 앗, 역시 조금 작나요? 그, 아키라고 하는데 선생님과 키가 비슷해서 괜찮지 않을까 했거든요……. 아니면 다른 사람…… 미하루 씨의 옷도 준비할게요."

옷이 안 맞을 게 눈에 선했지만, 리오가 분위기를 파악하고 제안했다.

"괘, 괜찮아. 응, 괜찮아……. 괜찮……은데, 아니, 가,

가슴 쪽이, 조금 불편한 것 같기도, 응, 조금, 불편한 것 같기도 해……. 그, 그런데, 괜찮아!"

세리아도 미하루의 옷이 맞지 않을 것이 어렴풋이 짐작됐는지 갈등하다가 상기된 목소리로 말하며 고개를 저었다. 단순한 허세 같기도 한데—.

"아, 가슴 쪽이……."

대화 흐름 때문에 리오의 시선이 자연스럽게 세리아의 가슴으로 향했다. 확실히 리오가 생각하기에, 세리아가 아키보다 라인이 여성스러웠다.

"저, 정말, 빤히 보지 마. 그래, 어차피 작으니까! 리오도 큰 게 더 좋지? 으으……."

뚫어져라 보지는 않았지만, 세리아는 새빨간 얼굴로 부끄러워하며 가슴을 가렸다. 아가씨의 마음은 복잡한 모양이었다.

"아하하, 딱히 그렇지도 않은데요."

리오가 쓴웃음을 지으며 고개를 저었다.

"……흐, 흐응. 그, 그래?"

세리아가 살짝 눈을 크게 뜨고 흥미로워 하는 표정으로 물었다.

"네, 여자의 매력이 가슴 크기로 정해지지는 않잖아요. 선생님은 매력적이니까 자신을 가지세요."

리오가 교과서 같은 대답을 했다. 하지만 진심으로 그렇게 생각하는지 조금의 거짓도 느껴지지 않았다.

"고, 고마워……. 아니, 무슨 말을 하는 거야, 나. 미, 미안해."

순간, 세리아는 자기도 모르게 넋을 놓았다가 허둥지둥 고마워하고 사과하며 안도한 듯이 수줍어했다.

"그건 그렇고 제가 용사 소환에 휘말린 아이들과 말이 통한 이유와 정령술이나 시공의 장에 관한 이야기 중에 무엇부터 이야기할까요? 아니면 식사나 목욕부터 하실래요?"

리오도 부끄러운지 수줍어하다가 어색하게 화제를 돌렸다.

"그, 그래. 그럼 이야기 먼저 해줄래? 모처럼 차도 내줬으니까."

세리아도 어색하게 고개를 끄덕이고 바뀐 화제로 들어갔다.

"네. 그럼 앉죠. 아이시아도. ……그러고 보니 선생님과 정말 오랜만에 차를 마시네요."

리오가 키득 웃고 세리아에게 소파에 앉으라고 권했다. 그리고 세 사람 몫의 컵에 차를 따라 나눠줬다.

"응, 그러게. 그립다……. 앗, 그런데 정말 말해도 돼?"

세리아가 그리워하며 미소 짓고 고개를 끄덕이다가 갑자기 안색을 바꾸고 리오에게 물었다.

"뭐가요?"

"음, 정령술과 시공의 장은 그렇다 치고 말이 통한 이유를 어떻게 설명하면 좋을지 생각했잖아. 그다지 말하고 싶지 않은가 싶어서……."

리오가 고개를 갸웃거리자 세리아가 머뭇머뭇 말했다.

"아아, 아뇨. 말하고 싶지 않은 게 아니라 마음의 준비가 필요하다고 해야 하나, 어떻게 설명하면 좋을지 모르겠다고 해야 하나. 아마 선생님도 놀라실 것 같아서요."

리오가 난처한 얼굴로 말했다.

"내가, 놀라?"

세리아가 이상하다는 듯이 고개를 갸웃거렸다.

"네. ……지금부터 상식적으로 믿을 수 없는 이야기를 할 거예요. 하지만 거짓말은 아니에요. 선생님에게는, 이대로 입 다물고 있고 싶지 않아요. 들어주실래요?"

리오는 똑바로 세리아의 눈을 바라보며 물었다.

"……말이 통한 이유에 관해서, 말이지?"

세리아는 리오의 분위기가 바뀐 것을 느꼈는지 머뭇거리며 확인했다.

"네."

리오는 조용히 고개를 끄덕였다.

"알았어. 응, 믿을게."

그러자 세리아가 아무런 의심도 없이 깨끗하게 고개를 끄덕였다.

"아주 시원하신데요?"

리오가 조금 의외라는 듯이 눈을 크게 떴다.

"리오잖아. 나, 리오의 말이라면 무엇이든 믿을 수 있어."

세리아가 즐겁게 미소 지었다.

"……고맙습니다."

리오는 조금 불안하게, 하지만 동시에 기쁘게 미소 지었다. 기분 탓인지 아이시아의 입가에도 살짝 미소가 떠오른 것 같았다. 그로부터 잠시 후—.

"제게는, 제가 아닌 또 하나의 저에 대한 기억이 있어요."

리오가 천천히 고백했다.

"……네가 아닌, 또 하나의 너에 대한, 기억?"

세리아의 눈이 살짝 커졌다.

"짐작이긴 하지만, 전생의 기억이 있는 것 같아요."

리오가 추가로 설명했다.

"전생의, 기억……. 아……."

세리아가 넋이 나간 얼굴로 리오의 말을 되풀이했다.

"……역시 못 믿으시겠죠?"

리오가 멈칫멈칫 물었다. 당사자라 감각이 마비되어 당연하게 받아들였지만, 보통은 망집에 사로잡혀 넋을 잃을 만한 말이었다.

"앗, 아니, 그렇지 않아. 믿어. 믿고 안 놀랐다고 해야 하나…… 오히려 신기한 일이라고 쉽게 받아들였는데, 그 이유를 말로 잘 설명할 수가 없어서……. 우선 좀 더 이야기해줄래?"

세리아가 안타까워하며 대답하고 이야기를 계속하라고 권했다.

"……결론부터 말하면 기억 속, 제가 살았던 나라와 세계가 용사 소환에 휘말린 아이들이 살던 곳과 우연히 같았어요."

리오는 눈을 크게 뜨고 슬쩍 이야기를 이었다.

"……그래서 그들의 말을 이해했다는 거구나. 그런데 왜 짐작이라는 거야?"

"……그 기억이 사실인지, 사실이어도 정말로 제 것인지, 다른 사람의 것은 아닌지 알 수가 없잖아요."

주관적인 관련성뿐, 객관적인 관련성은 하나도 없으니까. 하지만 자기 일인데도 리오가 너무나 달관하고 어딘가 쓸쓸하게 말했기 때문일까.

"그건, 그럴지도 모르지만……. 실제로 기억이 있고, 기억과 같은 세계에 살던 사람들이 나타난 거잖아?"

이상한 반항심이 생긴 세리아의 목소리가 조금 거칠어졌다.

"……네. 하지만 지금은 그 기억이 제 것인지 아닌지는 상관없어요. 말이 통한 이유를 납득해주실 수 있는지가 중요하죠. 어떠세요?"

리오가 살며시 미소 지으며 고개를 젓고 세리아에게 물었다.

"그 부분에 관해서는 납득했는데……."

세리아는 뭔가가 석연치 않았다.

리오는 세리아의 반응에 쓴웃음 짓고 추가로 설명했다.

"추가로 말씀드리자면, 제가 일곱 살이 된 지 얼마 안 돼서 기억이 깨어났어요. 그때까지는 선생님도 아시는 대로 슬럼가에서 고아로 살았고요."

"……그거, 우리가 만났을 무렵이지?"

"네. 사실은 슬럼가에서 선생님과 처음 만나기 직전에 기억을 되찾았어요. 말을 거셨을 때는 그야말로 당황스럽기 그지없었고요."

리오가 당시를 떠올리고 그리워하며 말했다.

"그랬구나……. 어쩐지, 애가 차분하다 싶었어. 만났을 때부터 무척 영리한 아이였고 연하 같지 않았다고 할까……. 아아, 그래, 그렇구나, 그래서였구나. 과연……."

세리아가 무언가를 이해한 것처럼 눈을 크게 뜨고 신음했다.

"왜 그러세요?"

리오가 고개를 갸웃거리며 물었다.

"아, 아니. 리오가 전생의 기억이 있다는 말을 신기한 일이라고 쉽게 받아들인 것 때문에. 옛날부터 은근히 어른스러웠던 이유가 설명돼서."

"아…… 선생님이 보시기에 당시의 저는 어떻게 비쳤어요?"

세리아의 말에 리오가 흥미로워하며 물었다.

"어땠냐면…… 어른스럽다고 해야 하나, 주위와 선을 그었다고 해야 하나, 바닥이 안 보이는 느낌? 앗, 그런데 대화해보니까 금방 친해졌고, 예의 바른 착한 아이라고 생각했어."

세리아가 당시의 리오를 떠올리며 말했다.

"……그랬군요. 그럼 혹시 기억이 깨어나지 않았으면 인상이 바뀌었을 수도 있겠네요."

리오가 조금 겸연쩍어 하며 쓴웃음 지었다.

"그래?"

"좀 더 비뚤었을 거예요. 기억 속의 저는 머리가 잘 돌아가지 않았거든요. 고아인 저와 하나가 되어서 선생님이 느낀 제가 된 거라고 생각해요."

"그렇구나……. 기억이 돌아와서 인격도 바뀐 거야. 그런데 기억을 되찾기 전의 리오가 구체적으로 어떤 아이였는지 조금 관심이 가기도 해. 조금 더 일찍 만났으면 인상이 바뀌었겠지?"

세리아가 그렇게 물으며 리오의 얼굴을 바라봤다.

"……아마, 선생님과 친해지지 못했을 것 같아요. 길을 물어보면 제대로 대답하지 않았을 테고, 플로라 왕녀를 도울 생각도 안 했을 걸요."

"응? 그, 그래?!"

세리아의 눈의 휘둥그레졌다.

"네. 인간불신에 공격적이었으니까요. 선생님의 다정함도 튕겨냈을 거예요."

인간불신은 지금도 여전하지만.

"윽…… 하, 하지만, 굴하지 않을 거야! 그 리오와도 꼭 친해질 거야."

"아하하."

세리아가 다짐하자 리오가 기쁜 듯이, 즐거운 듯이 웃었다. 만약의 이야기이지만, 세리아라면 마음을 열었을지도 모르겠다.

"우, 웃을 일이 아니야. 리오와 친해지지 않다니, 싫다고."

세리아가 너무하다는 눈으로 리오를 노려봤다.

"……고맙습니다. 저도 선생님과 친해져서, 정말 다행이에요."

리오가 기쁘게 미소 짓고 세리아에게 감사를 표했다.

"으, 응. ……아, 그건 그렇고 기억 속의 리오는 몇 살이었어?"

세리아는 뺨을 붉히고 고개를 끄덕이더니, 부끄러움을 얼버무리듯이 화제를 바꿨다.

"기억 속의 저는…… 스무 살이었어요."

리오가 약간 뜸을 들이다가 대답했다.

"스, 스물……. 그 말은, 어라, 잠깐만. 그럼 리오는 정신적으로 나보다 연상인 거지? 우리가 처음 만난 게 내가 열두 살일 때니까……."

세리아가 리오에게 물었다. 일곱 살 인간의 인격에 스무 살 인간의 기억과 인격이 융합했다고 해서 단순히 스물일곱 살의 정신 상태가 되는 건 아니겠지만, 적어도 당시의 세리아보다는 정신적으로 연상이지 않았을까?

"으음. 그렇게 되나요? 하루토였던 제 기억과 인격이 융합했다고는 해도 메인은 어디까지나 리오인 저라서, 저는 어디까지나 리오이고 지금은 열여섯 살이라는 자각이 강하다고 할까, 성숙하지 못한 부분도 많다고 생각하는데요……."

리오는 고개를 갸웃거리며 대답한 뒤 살짝 쓴웃음 지었다.

"그렇, 구나. 뭐, 그런……가?"

세리아가 조금 허둥지둥 대답했다.

연하인 줄 알았던 상대가 사실은 연상이 아닌가 생각하니 갑자기 가슴이 두근거렸다. 게다가 리오에게서 뭔가 묘한 여유가 느껴졌다.

"평소에는 저 자신도 그다지 의식하지 않아서 잘 모르겠어요. 생각한다고 답이 나올 일도 아니고. 뭐, 전생의 이름, 하루토라고 불리면 위화감 없이 저라고 인식하지만요."

리오가 아하하 하고 웃었다.

"하루토……. 앗, 그래. 그래서 옛날부터 하루토를 가명으로 썼구나."

세리아가 이해했다.

"네. 전혀 생소한 이름보다는 자각하기 쉽지 않을까 싶어서."

"아이시아도 하루토라고 했지. 아, 우리끼리만 이야기해서 미안해. 아이시아."

세리아가 리오 옆에서 묵묵히 대화를 듣고 있던 아이시아에게 사과했다.

"괜찮아. 지금은 세리아가 하루토와 이야기하는 시간.

그리고 나는 조금 졸려."

아이시아가 귀엽게 하품하고 고개를 저었다.

"아하하, 고마워. ……과묵하지만, 정말 좋은 아이네, 아이시아."

세리아는 아이시아에게 감사를 표하고 리오에게 말을 돌렸다. 그러자 아이시아가 피곤한 듯이 리오의 어깨에 머리를 기댔다.

"네, 아이시아가 많이 도와줘요."

리오는 익숙한지, 미소 지으며 고개를 끄덕였다.

"그, 그런가 봐. 그리고 무척 귀엽고, 예쁘고."

하지만 세리아는 눈을 동그랗게 뜨고 살짝 상기된 목소리로 말했다.

'뭐, 뭐지?! 왜 갑자기 자연스럽게 밀착해?!'

대화 흐름상 웃고는 있었지만, 세리아의 사고는 멈추기 직전이었다.

"선생님?"

리오가 세리아의 표정 변화를 알아차리고 불렀다.

"그, 그런데 정령술도 그렇고, 리오가 왕도에서 합류하기 전에 아이시아에게 들었어. 아이시아가 정령이라고."

세리아가 퍼뜩 정신을 차리고 화제를 아이시아 일로 유도했다. 두 사람이 밀착한 이유를 직접 묻기는 꺼려졌다.

"네. 아이시아에게 어디까지 들으셨어요?"

리오가 차분한 목소리로 물었다.

"그, 아이시아가 네 계약정령이라는 것과 정령술과 관련된 약간의 지식. ……그때는 리오가 무사히 합류할 수 있을지 걱정됐고 대화 내용도 묻기 어려웠는데 그런 것도 제대로 말해줄 거지? **너희 둘의 관계도.** 어떻게 된 거야? 계약정령이라니."

세리아가 의심스러운 눈빛으로 두 사람의 관계라는 부분을 강조하며 발뺌하지 못하게 하겠다는 듯이 정령술과 정령에 관해 물었다.

"음, 그런데 선생님, 정령과 정령술에 대해 어디까지 아세요?"

리오가 세리아에게서 묘한 기백을 느꼈는지 쭈뼛쭈뼛 되물었다. 슈트랄 지방에는 정령과 정령술이 일반적으로 알려지지 않았다. 옛 문헌을 뒤지면 조금이나마 다룬 서적이 있지만, 그렇게 깊은 지식은 적혀 있지 않을 터였다.

"……정령은 옛날부터 알았어. 하지만 책을 좀 본 정도로 설마 실재할 줄도 몰랐고, 아이시아는 평범한 여자애로 보여서 정령 같지 않아."

"즉, 정령과 정령술에 관해 예비지식이 특별히 없었지만, 아이시아가 정령이라는 것은 믿으셨다고요?"

"뭐, 왕도 밖에서 리오를 기다리는 동안 눈앞에서 영체화했으니까. 단순히 모습이 안 보이게 하는 정령술과는 다른 것 같았고…… 믿을 수밖에 없잖아."

세리아가 피곤해 하며 탄식했다.

"그렇군요. 그럼 일단 정령에 대해 간단하게 설명할게요. 정령이란 마나가 자아를 가진 영적인 존재예요."

"……마나?"

"오드…… 마력이 생명 에너지라면 마나는 대기에 떠도는 자연 에너지라고 하면 상상하기 쉬울까요? 마술도 정령술도 마력을 조종해 마나에 간섭해서 세계 현상을 바꾸는 기법이라는 공통점이 있어요."

"뭐야, 그게. 처음 들어……."

리오가 마술과 정령술의 공통점을 밟으며 설명하자 세리아가 멍하니, 흥미롭다는 표정을 지었다. 지식욕이 자극받은 모양이었다.

"마술이 술식에 의존해 마나에 간섭하는 것에 비해, 정령술은 술자가 직접 마나에 간섭한다는 특징이 있어요. 그래서 마술은 발동하는 현상을 정형화하기 쉽고, 정령술은 더 유연하게 현상을 조작할 수 있는 대신 습득하기 어려워요."

"나도 정령술을 쓸 수 있을까?"

"네. 훈련하면 정령술을 다루는 기능을 단련할 수 있어요. 단, 술식계약으로 체내에 새긴 술식을 지워야 하지만요."

"술식을 체내에서 지운다. 설마 마법을 습득하면 정령술은 쓰지 못해?"

세리아가 눈을 크게 뜨고 물었다.

"네, 정령술로 마나에 간섭하려면 술자의 상상과 의사가 중요한데, 체내에 술식이 새겨져 있으면 마나에 잘 전달되지 않아요."

"……그 말은, 잠깐만. 그럼 설마 학원 시절에 리오가 술식계약에 실패하고 마법을 습득하지 못한 건, 정령술을 쓰니까 마법을 습득하고 싶지 않았던 거야? 의도적으로 실패한 거야?"

"역시 날카롭네요. 그런데 조금 달라요. 제가 술식계약에 실패하고 마법을 습득하지 못한 건 제가 아이시아와 정령계약을 맺었기 때문이에요. 당시의 저는 정령도, 정령술도 잘 몰랐던지라."

세리아의 통찰력에 리오는 부드럽게 미소 짓고 고개를 저었다.

"여기서 정령계약이 나오는구나……. 혹시 정령과 계약하지 않으면 정령술을 쓰지 못하는 거야?"

"아뇨, 정령술을 쓰기 위해 정령계약을 맺을 필요는 없어요. 다만, 정령은 정령술을 쓸 때 반드시 필요한 마나가 영적으로 승화한 존재니까 정령술과 친화력이 높아요. 그래서 정령과 계약하면 계약자의 정령술 적성이 오르는 메리트가 있죠. 그리고 한편으로는 디메리트라는 표현이 적절할지는 모르겠는데 정령과 계약하면 술식계약이 성공하지 않아서 마법을 쓰지 못하게 돼요."

"……즉, 리오는 학원 시절부터 아이시아와 계약했다는 거지? 그럼 그렇게 친밀한 것도…… 이해가, 되나?"

세리아는 그렇게 옛날부터 계약했다는 것을 알고 과감

하게 두 사람이 친밀한 이유를 물어보기로 했다. 조금 토라진 것처럼 입이 나왔다.

"아뇨, 그렇, 지만, 아이시아는 아주 최근까지 계속 제 안에 잠들어 있었고 저 스스로도 모르는 사이에 이미 계약돼 있었어요. 이유를 물었지만, 아이시아도 눈을 뜨기 전의 일은 잘 기억하지 못해서……."

리오가 난처한 얼굴로 머리를 긁적이고 몸을 기댄 아이시아를 봤다.

"……그래?"

세리아가 두 사람의 안색을 살피며 물었다.

"네. 정령을 잘 아는 지인이 말하길, 아이시아는 격이 높은 정령이지만, 막 태어난 정령에 가깝다고…… 정령으로서는 아직 어린아이래요."

"으음…… 그렇구나."

그럼 지금 아이시아가 리오에게 몸을 기대고 있는 것은 어리광일지도 모른다. 세리아는 그런 생각을 했지만, 입 밖으로 꺼내 확인하지는 못했다.

"저희 관계도 납득이 가시나요?"

리오가 세리아의 안색을 살피며 물었다.

"음, 뭐…… 일단은."

세리아는 어딘가 떨떠름해하며 고개를 끄덕였다.

"그럼 이제 시공의 장에 관해서, 말할까요?"

"그것도 그런데……."

"신경 쓰이는 게 있으세요?"

"리오는 어디서 그런 지식과 마도구를 얻었어? 아니, 학원 시절에는 정령에 관해 몰랐던 것 같고 벨트람 왕국을 떠난 뒤겠지만……."

리오가 묻자 세리아가 다른 의문을 입에 담았다.

"실은 야구모 지방으로 여행하다가 마을에서 벗어나 숨어 사는 소수민족을 만났거든요. 많은 가르침을 받았어요. 정령술에, 마술에, 슈트랄 지방과 비교되지 않는 수준의 기술도 가지고 있어서 외부와 교류를 끊었는데, 저는 운 좋게 지인을 만들어서……."

리오가 정령의 주민을 배려해 구체적인 내용은 얼버무리며 설명했다.

"아…… 시공의 장도 거기서 얻었구나."

세리아는 은근히 분위기를 파악했는지 소수민족인 정령의 주민에 관해 깊이 파고들지 않았다.

"네. 우호의 표시로 받았어요."

"그렇게 대단한 마도구를 주다니 대담하다고 해야 하나, 무척 신뢰받는구나? 아니면 그 사람들은 꽤 간단하게 만들 수 있는 물건이야?"

"아뇨, 쉽게 양산할 수 있는 물건은 아니에요."

리오가 정령의 주민을 향한 경외심을 담아 쓴웃음을 섞어 고개를 저었다.

"그래……. 저…… 그럼 역시 무턱대고 조사하면 안 되겠지?"

세리아는 아까 한 말이 경솔했다고 미안해하며 리오의 안색을 살폈다.

"아뇨, 조사는 상관없어요. 알고 싶은 지식이 있으면 알려드릴 수 있는 범위에서 알려드릴게요. 무단으로 유포 · 유용하지 않는다는 조건이 붙지만요. 선생님이니까 믿어요."

리오가 세리아를 향한 강한 신뢰를 담아 흔쾌히 승낙했다.

"윽…… 고, 고마워. 그런 거라면 매, 맹세할게. 뭣하면 마술적인 계약을 해도 좋아."

세리아가 어딘가 근질거리는 듯이 감사를 표하고 부끄러운지 뺨을 붉히며 맹세했다.

"알겠어요. 번거로운 절차는 나중에 진행하기로 하고, 우선 조사부터 해볼까요?"

리오가 왼팔에 오른손을 뻗었다.

"……아니. 정말 매력적인 권유지만, 지금은 됐어. 뭔가 충격적인 이야기뿐이라 지쳤어."

세리아가 쓴웃음 짓고 고개를 저었다.

"아, 그럼 뜨거운 물에 몸 좀 담그실래요? 피로가 씻길 거예요."

그러자 리오가 제안했다.

"목욕! 좋, 지……."

세리아의 얼굴이 확 밝아졌지만, 정면에 앉은 리오에게 졸린 듯 달라붙는 아이시아가 문득 눈에 들어왔다.

"……그, 그런데, 좀 더 안정을 취하는게 좋으려나? 아이시아가 피곤해하는 걸 보니까 나도 좀 피곤해졌어. 무, 무척 기분 좋아 보이는걸."

아이시아를 힐끗거리며 들뜬 목소리로 말했다.

"그럼 먼저 선생님의 방을 정할까요? 방이 여러 개 있어서 아무 데나 쓰셔도 되는데 아틀리에로 쓰려면 넓은 방이 좋겠죠?"

리오가 세리아의 요망에 응하며 상냥하게 제안했다. 세리아는 "으음" 하고 반쯤 뜬 눈으로 리오를 응시하며 무언가를 호소하려고 했다.

"……응, 그래."

하지만 잠시 후, 살짝 고개를 떨어뜨리듯이 대답했다.

"음, 왜 그러세요? 선생님…… 어, 아이시아?"

리오가 세리아의 수상한 거동을 느끼고 고개를 갸웃거리며 물었다. 그러자 아이시아가 벌떡 일어나더니 세리아의 앞으로 성큼성큼 걸어가 멈췄다.

"왜, 왜 그래?"

세리아가 머뭇거리며 아이시아의 얼굴을 올려다봤다.

"이리 와."

아이시아가 세리아의 손을 슥 잡아 가볍게 일으켜 세웠다.

"앗, 저기?!"

세리아가 놀라 항의했다.

하지만 아이시아는 그대로 세리아의 손을 잡아당겼다.

"어, 어?"

털썩, 세리아를 리오의 오른쪽 옆에 앉혔다. 세리아는 자기도 모르게 이상한 소리를 냈다. 정신을 차리니, 앉혀진 반동으로 리오에게 달라붙듯이 기대어 있었다.

아이시아는 그런 세리아를 보고 고개를 끄덕이더니 반대쪽에 앉아 아까처럼 리오에게 붙어 기댔다.

"이렇게 셋이서 같이 자자."

그리고 리오를 사이에 끼운 상태로 제안했다. 다음 순간─.

"뭐, 뭐뭐뭐뭐뭐?!"

드디어 상황을 파악했는지 세리아의 얼굴이 확 붉어졌다.

"지, 진정하세요, 선생님!"

리오가 바로 당황한 세리아를 진정시키려고 했다.

"뭐, 뭐야, 뭐야?!"

세리아가 새빨개진 얼굴로 반대쪽에 앉은 아이시아에게 물었다.

"세리아도 이러고 싶었잖아?"

아이시아가 고개를 갸웃거리며 태연하게 대답했다.

"그, 그런 거! 그런 거!"

세리아는 어쩔 줄 몰라 고개를 가로저으며 외쳤다.

"서, 선생님, 진정하세요! 자, 심호흡하시고."

리오가 세리아의 어깨를 잡고 정면에서 세리아와 얼굴을 마주 보며 말했다.

그 순간, 세리아의 움직임이 멈췄다. 그러나 리오와 가까운 거리에서 눈이 마주치자 세리아의 얼굴이 더 붉어지고 말았다.

"모, 모모모모모, 목욕! 해야 해, 목욕해야 해!"

세리아가 황급히 일어나 허둥지둥 거실을 달려나갔다.

"서, 선생님?!"

리오가 세리아를 불렀지만, 걸음은 멈추지 않았다. 그러나 세리아는 얼마 지나지 않아 터벅터벅 거실로 돌아오더니―.

"……요, 욕실, 어디야?"

부끄러워하며 물었다.

정령환상기

╠ 제 2 장 ╣ ✻ 첫날밤

몇 분 뒤, 세리아는 아이시아와 함께 바위 집 욕실에 들어가기 위해 탈의실로 갔다. 머뭇거리는 손길로 원피스를 벗는 세리아와 대조적으로 아이시아는 순식간에 옷의 실체화를 풀고 속옷 차림이 됐다.

"……앗, 그거 리카 상회에서 만든 속옷이지!"

순식간에 속옷 차림이 되는 장면을 보고 놀란 세리아가 아이시아가 입은 속옷 디자인이 낯이 익은지 밝은 얼굴로 말했다.

"응, 맞아. 미하루가 골라줬어."

아이시아가 고개를 끄덕이며 말했다. 참고로 아이시아가 입은 속옷은 작은 리본이 달린 고급스럽고 귀여운 연분홍색 브래지어와 팬티였다.

"미하루…… 리오가 보호한 아이 중 한 명이지? 역시 디자인이 귀여워. 어떤 천인지 살짝 만져 봐도 돼?"

세리아가 흥미로워하며 부탁했다.

"그래."

아이시아가 흔쾌히 승낙했다.

"그럼 기꺼이……. 윽, 그런데 너, 말도 안 되게 스타일 좋다. 피부도 아기처럼 매끈매끈하고 깨끗하고…… 아니, 지금은 속옷, 속옷에 집중해야지……."

세리아가 아이시아의 좋은 몸매에 눈을 빼앗겼다가 퍼뜩 정신을 차리고 고개를 저으며 속옷으로 손을 뻗었다.

"음, 역시 좋은 천을 썼어. 착용감이 좋을 뿐만 아니라 디자인도 공을 들였고. 나도 몇 개 있었는데. 리카 상회가 만든 상품은 인기가 많은데 벨트람 왕국에서는 수량까지 적어서 금방 품절되는 바람에 사기가 어려워."

세리아가 리카 상회에서 만든 속옷을 호평했다.

"아망드에서 많이 팔았어. 세리아도 하루토에게 사달라고 해. 내일 아망드로 장 보러 가니까."

"리카 상회의 총본산이라 당연하겠지만, 괜찮을까? 리카 상회에서 만든 속옷은 가격이 꽤 나갔던 것 같은데."

"괜찮아. 하루토는 부자야."

아이시아가 리오의 재력을 보장했다.

"그, 그렇다고 고가품을 사달라고 하기는 민망해……. 그거 말고 사야 하는 물건도 많고."

세리아가 미안한지 얼굴에 그늘을 드리웠다.

"속옷은 필수품이니까 헛돈 쓰는 거 아니야. 그리고 하루토도 세리아가 좋은 속옷을 입길 바랄 거야."

아이시아가 리오의 생각을 대변했다. 만약 리오가 이 자리에 있었으면 어떤 표정을 짓고 말았을지는 알 수 없지만, 끝까지 따져 물으면 비슷한 취지의 말을 했을 것이다.

"아, 아하하……. 뭐, 뭐, 리오에게 속옷을 보여줄 수는 없지만, 지, 진지하게 말해봐야겠네."

세리아는 무슨 상상을 했는지 상기된 목소리로 부끄러워하며 말했다.

"응."

아이시아는 고개를 끄덕이고 브래지어를 벗었다.

"……어라? 그러고 보니 너, 옷은 실체화해서 만들었는데 속옷은 진짜네……?"

세리아가 갑자기 알아차렸다는 듯이 물었다.

"응. 속옷은 만들기 복잡하니까."

"아, 그렇구나……. 복잡한 물건은 못 만드는구나."

"그보다는 늘 입는 옷은 실체화한 내 일부 같은 거야. 색을 바꾸거나 디자인을 간단하게 바꾸는 정도는 가능하지만, 기본적으로 다른 물건은 못 만들어."

아이시아가 실체화한 옷에 대해 간략하게 설명했다.

"아…….'"

세리아가 깊은 흥미를 보이며 목을 울렸다.

"이제 들어가자."

아이시아가 팬티를 벗고 욕실로 들어갔다.

'……나, 남의 눈을 거리끼지 않는다고 할까, 대담한 아이야.'

눈에 들어온 아름다운 나체에 세리아는 무심코 뺨을 붉혔다. 하지만 혼자서 계속 탈의실에 남아있을 이유가 없었다. 세리아는 속옷으로 입은 귀여운 캐미솔을 벗고 욕실로 들어갔다.

◇ ◇ ◇

세리아는 탈의실에서 욕실로 이어지는 문을 열었다.

"뭐야, 여기……?"

실내를 둘러보고 무심코 경직됐다. 욕실 안에 펼쳐진 광경이 너무나 상상을 초월했기 때문이다.

그곳은 넓은 공간이었다. 바위 표면을 그대로 살린 벽에, 깊이가 깊고 천장이 높았다. 돌 타일을 깐 넓은 세면장 안쪽에는 역시나 넓은 바위 욕조가 있었다. 바위벽에 설치된 마도구 토수구에서 뜨거운 물이 끊이지 않고 공급되어 욕조에서 흰 수증기가 피어올랐다.

"욕실이야."

세리아가 그런 광경을 목격하고 멍하니 서 있자 아이시아가 고개를 갸웃거리며 대답했다.

"……아, 아니, 그건, 그런데!"

세리아는 당황해서 항의하려고 했다. 그녀가 아는 슈트랄 지방의 일반적인 욕실과 너무나 달랐다.

적어도 사람이 몸을 깊이 담글 수 있는 욕조는 일반적이지 않았다. 왕후 귀족도 이렇게 훌륭한 욕실 시설이 없었고, 뜨거운 물도 저렇게 아무렇지도 않게 콸콸 나오는 게 아니었다. 건조한 기후의 내륙 지방에서는 저렇게 사치스럽게 뜨거운 물을 만들 수 있는 수원을 확보할 수 없었다.

온천지라면 이야기가 다르지만, 벨트람 왕국의 왕도 벨트란트는 온천지가 아니었다.

"왜 그래?"

아이시아가 이상해하며 세리아에게 물었다.

"왜, 왜 그러냐니, 어떻게 된 거야, 여기 욕실…… 뭐야, 저 무진장 흘러넘치는 뜨거운 물은?"

세리아가 그렇게 물으며 욕조에 뜨거운 물을 공급하는 바위벽의 토수구를 가리켰다.

"저건 뜨거운 물을 만드는 마도구."

아이시아가 질문에 적확하게 대답했다.

"마, 마도구…… 아니, 그런데 마력을 어떻게 조달해?! 계속 뜨거운 물을 만들면 소비하는 마력을 무시할 수 없잖아?"

세리아의 의문은 지당했다. 안그래도 물 속성 마술은 다른 속성마술에 비해 마력소비량이 많은데, 물을 만드는 술식 프로그램에, 만든 물을 데우는 프로그램을 더하면 마력소비량이 더 증가했다. 온종일 뜨거운 물을 나오게 하려면 마력이 눈덩이처럼 소비될 터였다.

"질 좋은 정령석을 집에 설치한 마도구의 핵으로 썼으니까, 정기적으로 마력을 보충하면 괜찮아."

아이시아가 억양 없는 목소리로 대답했다.

"정령석…… 또 낯선 단어가 나왔어."

세리아가 지친 듯이 한숨을 내쉬었다. 피로를 덜어내려고 욕실에 왔는데 더 지치다니 본말전도였다.

"이리 와. 마도구 쓰는 방법을 가르쳐줄게."

아이시아가 태연자약한 목소리로 세리아를 불렀다.

"……응."

세리아는 체념한 미소를 짓고 아이시아의 뒤를 따랐다. 일단 마음을 비우기로 했다.

세리아는 아이시아에게 욕실에 설치한 급탕용 마도구의 사용법을 배웠다.

"욕조에 들어가기 전에 머리카락과 몸을 씻자. 이게 비누."

아이시아의 제안에 따라 몸을 씻기로 했다. 아이시아는 액체 비누가 든 병을 세리아에게 건넸다.

"응? 이게 비누야……? 어, 이거 액체잖아?! 게다가 엄청 좋은 향이 나!"

세리아는 병을 받아 뚜껑을 열고 내용물을 확인하더니 눈을 크게 떴다. 킁킁 비누 향기를 맡고 더 놀랐다.

슈트랄 지방에서는 고형 비누가 일반적이었다. 비싼 데다가 공교롭게도 품질도 그렇게 좋지 않았다. 그리고 냄새가 지독한 경우가 많았다.

"최근에 리카 상회가 비누 개발에 착수했다고 들었는데……."

개발이 어려운 건지 재고가 적은 건지 벨트람 왕국까지 유통되지는 않았다.

"그건 하루토가 만든 비누."

"응? 그래?!"

아이시아가 가르쳐주자 세리아가 눈을 번쩍 떴다.

"응. 미하루네가 지내던 동안 이것저것 만들었어. 품질은 전부 미하루가 보증해."

남자 혼자 살면 샴푸와 린스, 바디샤워에 기껏해야 세안 비누가 있으면 충분하지만, 리오는 미하루와 아키를 위해 마을에서 만드는 방법을 배워 여러 가지 비누를 만들었다.

"와……. 그, 그럼 얼른 써 봐도 될까?"

세리아가 흥미로워하며 물었다. 대화에 가끔 나오는 미하루라는 소녀에게도 관심이 갔지만, 지금은 좋은 향이 나는 미지의 비누에 대한 호기심이 강했다.

"물론. 머리카락과 몸과 얼굴, 어디부터 씻을래?"

"응? 그럼 얼굴부터? 결혼식 때문에 가볍게 화장했으니까."

"그럼 이걸 써."

아이시아가 로션이 든 병을 세리아에게 건넸다. 먼저 클렌징부터 하기로 했다. 천천히 정성껏 얼굴 화장을 지우고 머리카락과 몸 순서로 씻었다.

"굉장해! 피부도 머리카락 느낌도 전혀 달라! 평소보다 훨씬 좋아!"

전체적으로 다 씻은 세리아가 만족한 표정으로 비누에 대한 감상을 말했다.

"그럼 탕에 들어가자."

"응!"

아이시아의 제안에 세리아가 기분 좋게 대답했다. 삶은

수건으로 긴 머리카락째로 머리를 감싸고 욕조로 걸어가 아이시아와 함께 탕에 들어갔다.

"하아……."

온몸을 감싸는 뜨거운 물의 느낌에 세리아가 교성을 흘렸다.

"후끈후끈."

아이시아도 기분 좋게 미소 지었다.

"……버릇이 될 것 같아."

세리아가 욕조에 몸을 담그고 힘을 뺐다. 이렇게 넓고 깊은 욕조에 몸을 담근 것은 세리아도 처음이었다.

"앞으로 매일 할 수 있어."

"그래……. 그렇구나, 기대돼."

아이시아의 말에 세리아가 후훗 웃었다.

'……마치 현실이 아닌 것 같아.'

그리고 감상에 젖었다. 이렇게 행복해도 될까. 고향에 두고 온 가족을 생각하자 동시에 죄책감이 일어나 살짝 얼굴이 어두워졌다.

"앞으로의 일은 하루토와 함께 생각하면 돼."

그러자 아이시아가 세리아의 희미한 표정 변화를 알아차렸는지 그런 말을 했다.

"……응, 고마워. 멍해 보이는데 의외로 날카롭구나, 너."

세리아가 눈을 크게 떴다가 작게 고개를 끄덕이고 살짝 쓴웃음 지으며 아이시아에게 감사를 표했다.

"그렇지 않아."

아이시아가 천천히 고개를 저었다.

그러자 세리아가 훗 하고 미소 지으며 물었다.

"저기, 아이시아. 너는 눈을 뜬지 얼마 안됐다고 들었는데, 옛날의 리오에 대해서는 모르니?"

"하루토가 아는 한은 알아."

"음, 즉 자고 있을 때의 기억이 있다고?"

"그건 아니야. 하루토가 보고 들은 기억이 계약 패스를 통해 내게 흘러들어오는 것뿐."

"……대단해. 고대마술이라면 모르지만, 현대마술로는 도저히 실현할 수 없는 거야."

세리아가 놀라서 눈을 크게 떴다.

"정령술로도 어려워. 염화라면 몰라도 기억을 공유하려면 서로의 의식이 상당히 싱크로되어 있지 않으면 불가능해."

"그렇구나. ……응? ……그런데 그러면…… 너희의 의식이 상당히 강하게 이어져 있다는 말로 들리는데?"

흘려들을 수 없었다.

"정령계약은 그런 거야. 우리는 영적으로 이어져 있어."

아이시아가 딱 잘라 긍정했다.

"뭐……."

'뭔가 비겁해!'

자기도 모르게 말을 잃은 세리아가 마음속으로 생각했다.

아이시아가 의아해하며 고개를 갸웃거렸다.

"그, 그건 그렇고, 리오는 학원에 있었을 때부터 정령술을 쓴 거지?"

　세리아는 아이시아와 눈이 마주치자 순간적으로 생각을 간파당할까 걱정됐는지 몸을 움찔하고 일부러 화제를 바꿨다.

　"응. 아류라서 기술적으로는 서툴렀지만, 혼자서 여러모로 훈련했어."

　아이시아가 꾸벅 대답했다.

　"그, 그렇구나. 그런 기색도 보여주지 않아서 전혀 알아차리지 못했는데, 노력파였구나……."

　세리아가 어딘지 그립게 미소 지었다. 규격을 벗어난 정령술을 생각하면 타당한 판단이리라. 당시의 자신에게 가르쳐주지 않은 것은 아주 조금 섭섭하지만, 당연한 일이었다.

　"하루토가 세리아에게 정령술을 가르쳐주지 않은 건, 딱히 세리아를 믿지 못해서가 아니야."

　아이시아가 말했다.

　"아, 알아. 아무 이유 없이 무턱대고 남에게 가르쳐줄만한 일도 아니고, 믿는다고 뭐든 가르쳐주면 위험하잖아. 리오는 그런 아이가 아닌걸. 그, 뭐라고 할까……."

　정곡을 찔리자 세리아는 조금 부끄러워하며 변명했다.

　"곤란해도 남에게 기대지 않아. 직접 해결하려고 해."

　"맞아, 그런 느낌!"

　아이시아가 지적하자 세리아가 고개를 끄덕였다.

"하지만 옛날과 조금 달라졌어. 지금도 겁이 많지만, 조금씩 남에게 기대게 됐어."

아이시아가 세리아가 모르는 리오의 성장에 대해 말했다.

"와아, 그렇구나……. 내가 모르는 사이에, 그렇게……."

세리아가 흥미로워하며 눈을 크게 뜨고 아이시아를 부러운 듯이 바라봤다.

"세리아 덕분이야."

그러자 아이시아가 말했다.

"그, 래?"

세리아가 눈을 번쩍 떴다.

"응. 물론 여행하는 동안 따뜻한 사람을 많이 만나고 그 사람들과 친해진 덕분이기도 하지만, 하루토에게 처음으로 다정하게 대해준 건 세리아야. 세리아는 학원 시절, 계속 하루토 편이 되어줬으니까."

아이시아는 그렇게 말하고 웬일로 미소 지었다.

"……."

그 따뜻하고 부드러운 미소에 세리아는 자기도 모르게 넋을 잃을 뻔했다.

"앞으로도 하루토를 옛날처럼 대해줘."

아이시아는 그렇게 말을 맺었다.

"……후후, 물론이야."

세리아는 다정하게 미소 짓고 기뻐하며 고개를 끄덕였다.

◇ ◇ ◇

한동안 대화를 나눈 두 사람은 욕실을 나와 거실로 돌아갔다.

"리오, 좋은 목욕이었어. 고마워. 아, 냄새가 좋은데?"

세리아가 마침 주방과 식당 테이블을 오가던 리오에게 말을 걸다가 식욕을 자극하는 냄새에 코를 킁킁거렸다.

"두 사람이 욕실에 있는 동안 저녁을 준비했어요. 배고 프지 않으세요?"

"응, 정말 배고파!"

리오가 묻자 세리아가 힘차게 대답했다. 그러자 세리아 의 배가 꼬르륵 비명을 질렀다.

"그런 것 같네요."

리오가 키득 웃었다.

"아, 아니야?! 아니, 배가 고픈 건 맞는데, 오늘은 아침 부터 아무것도 안 먹어서!"

세리아가 새빨개진 얼굴로 허둥지둥 변명했다.

"알아요. 마침 마지막 음식이 다 됐으니 어서 먹죠. 먼저 테이블에 앉으세요."

리오는 그 말을 남기고 주방으로 갔다.

"으으~!"

세리아가 새빨개진 얼굴로 자기 배를 투닥투닥 때렸다.

"세리아, 가자. 이리 와."

아이시아가 세리아를 식당 테이블로 데려가려고 말을 걸었다.

"으, 응."

세리아는 부끄러워하며 고개를 끄덕이고 허둥지둥 아이시아의 뒤를 따랐다.

"우와아, 맛있겠다……."

세리아가 눈을 크게 떴다. 식당 테이블에는 밥통에 담긴 갓 지은 흰쌀밥, 빵, 쇠고기 스튜, 삶은 토마토 양배추 롤, 테린, 샐러드와 같은 양식 위주 메뉴가 놓여 있었다.

"전부 미리 만들어 놓은 거지만요. 햄버그도 구웠어요."

그리고 리오가 추가로 햄버그가 담긴 접시를 가져왔다.

"무슨 말이야. 진수성찬인걸……."

세리아가 꿀꺽 침을 삼키고 자리에 앉아 준비를 마쳤다.

"「잘 먹겠습니다」."

아이시아가 양손을 마주 대고 일본어로 식사 인사를 했다.

"「잘 먹겠습니다」?"

아이시아의 낯선 말에 세리아가 이상하다는 듯이 고개를 갸웃거렸다.

"이세계의 말로 식사하기 전의 기도라고 할까, 인사 같은 거예요. 만든 사람과 식재료에 감사를 바친다고 하면 좋을까요?"

리오가 의미를 설명했다.

"와아. 그럼 나도, 「잘 먹겠습니다」. 고마워, 리오."

세리아는 아이시아를 흉내 내며 리오에게 감사를 표했다.

"네. 그럼 저도. 「잘 먹겠습니다」."

리오도 식사 인사를 하자 드디어 저녁 식사가 시작됐다.

"그럼 먼저 이 테린을……. 맛있어!"

세리아가 나이프와 포크를 깨끗하게 움직여 작게 썬 테린을 입으로 옮겼다. 바로 감상을 말하고 방긋방긋 웃었다.

"다행이에요."

귀족인 세리아는 평범한 사람들보다도 훨씬 입이 고급스러울 터였다. 그런 세리아가 탄성을 지르게 했으니 자랑스러워해도 되지 않을까?

"그럼 다음은 이 양배추 롤을……. 국물이 조금 붉어 보이는데 어떻게 양념했어? 아, 우와, 부드러워!"

세리아가 가볍게 나이프를 누르자 쉭 칼집이 들어갔다. 약간 힘을 주자 깔끔하게 잘렸다.

"슈트랄 지방에는 없는 토마토라는 식재료를 썼는데, 우선 드셔보세요."

"토마토? 응. 그럼 바로…… 앗, 안에 고기와 치즈가 들었어! 이것만 봐도 맛있겠다는 걸 알겠어. 정말……!"

리오의 권유에 세리아가 나이프와 포크를 움직였다. 그리고 입안으로 작게 자른 양배추 롤을 가져간 뒤, 작게 몸부림쳤다.

"맛있어요?"

리오는 방긋방긋 웃으며 세리아의 반응을 관찰하고 물

었다.

"응, 맛있어! 맛있어!"

세리아가 사람을 좋아하는 강아지처럼 고개를 꾸벅꾸벅 위아래로 흔들었다.

"다행이에요. 스튜와 햄버그도 많이 드세요. 빵도 잘 어울리지만, 저기 있는 하얀 식재료와도 잘 어울려요."

"와아, 이 하얀 건 뭐야?"

"이건 쌀이라고, 야구모 지방에서 밀 대신 주식으로 먹는 곡물이에요. 어쩌면 슈트랄 지방에서도 일부 지역에 비슷한 곡물을 재배하고 있을 수도 있지만요……."

리오가 세리아에게 쌀에 대해 설명했다.

"흐음, 적어도 나는 이렇게 제공되는 곡물은 몰라. 뭐, 좋아. 일단 조금만……."

세리아가 접시에 쌀을 조금만 덜었다.

"쌀만 먹으면 별맛이 안 나니까 간이 센 반찬과 같이 드셔보세요."

리오가 쌀을 먹는 방법을 가르쳐줬다.

"응. 그럼 이 햄버그와 같이……. 아, 진짜, 정말 맛있어. ……응, 이건 정말……."

햄버그 맛에 얼굴이 활짝 핀 세리아가 이어서 소량의 쌀을 포크로 입에 가져갔다. 우물우물 씹으며 맛을 확인했다. 처음 먹은 식재료이지만, 괜찮은 모양이었다.

"많이 있으니까 마음껏 드세요."

"고마워. 밥이 이렇게 맛있으니 술이 그리워지네."

"좋은 술이 있어요.《해방마술》."

리오가 세리아의 요청에 응해 바로 시공의 장을 사용했다. 그러자 목제 술병과 술잔 세트가 식당 테이블 위에 나타났다.

"정말 빈틈없구나……."

세리아가 아하하 하고 반쯤 기가 막힌 미소를 지었다. 그 사이, 리오는 세 사람 몫의 잔에 술을 따라 세리아와 아이시아에게 나눠줬다.

"그럼 건배."

"건배."

리오가 잔을 들자 세리아와 아이시아도 입을 모아 건배했다. 세리아는 황홀하게 향기를 즐기고 잔에 입을 댔다.

"──?!"

그리고 놀라서 눈을 크게 떴다. 세리아는 퍼뜩 안색을 바꾸고 잔에 든 술을 물끄러미 응시했다.

"이, 이거, 어디 술이야?!"

세리아가 당황해서 물었다.

"여행하다가 얻은 술이에요."

정확히는 정령의 주민이 만든 술이었다.

"그럼 슈트랄 지방에는……."

"없죠."

"그, 그래……."

리오가 대답하자 세리아는 툭 고개를 떨궜다.

"맛있죠?"

"맛있다 정도가 아니야. 내가 지금껏 마셔본 술 중에 가장 맛있다고 단언할 수 있을 정도로 굉장히 맛있어! 이 술이라면 한 병에 비싼 가격을 붙여도 팔릴 거야."

세리아가 열띤 목소리로 단언했다. 귀족이라 다양한 고급술을 마셔봤을 세리아의 말이니 신빙성이 높았다.

"그렇군요. 뭐, 지금은 팔 생각이 없지만요. 슈트랄 지방에서 마실 수 있는 사람은 우리뿐이에요."

리오가 자랑스럽게 말했다.

"……정말 호강하네."

세리아는 그렇게 중얼거리며 굳은 미소를 지었다.

아까 욕실에서 사용한 비누도 그렇고, 보유한 마도구 수도 그렇고, 오늘 하루 세리아의 상식이 점점 소리 내며 무너져갔다.

돈으로 따지면 엄청난 부를 생산할 지식과 기술의 결정을 전부 우리끼리 독점한 거라 왠지 뭐라 말하기 어려운 죄책감과 같은 것이 솟구쳤다.

하지만 뭐, 그런 와중에도 식사 시간은 평화롭게 흘러갔고 눈 깜짝할 사이에 준비한 음식 대부분을 해치웠다.

"「잘 먹었습니다」."

리오와 아이시아가 합장하고 식사 마침 인사를 했다.

"「잘 먹었습니다」."

세리아도 두 사람을 보고 어색한 발음으로 따라 하며 합창했다.

"여기, 입가심용 차예요."

리오가 미리 데워둔 찻주전자에 담긴 차를 찻잔에 따라 세리아와 아이시아에게 나눠줬다.

"고마워. 이 차도 좋은 찻잎을 썼네."

세리아가 향을 맡고 만족스럽게 미소 지었다.

"이것도 여행하다가 얻었어요. 그래도 뭐, 이 집에 있는 동안은 마음껏 마실 수 있고, 이거 말고도 찻잎은 많아요."

리오가 아하하 하고 웃었다.

"정말, 이 집에 있으니 내 상식이 점점 무너져 가."

세리아가 탄식하며 쓴웃음 지었다.

"그건 그렇고, 내일은 앞으로 선생님께 필요한 생필품을 사러 갈 생각인데, 뭔가 사고 싶은 거 있으세요?"

리오가 화제를 바꿔 내일 이야기를 했다.

"……있잖아, 하다못해 아버님께는 내가 무사하다고 전하고 싶은데. 안 될까?"

세리아가 얼굴에 그늘을 드리우고 망설이다가, 머뭇거리며 리오에게 물었다.

"물론 괜찮아요."

리오가 두말없이 대답했다.

"……괜찮아?"

세리아가 허를 찔린 것처럼 눈을 휘둥그렇게 떴다.

"네. 보아하니 걱정을 끼쳐드린 것 같네요. 제가 먼저 말했어야 했어요. 배려가 부족해 죄송합니다…….

리오가 부끄러운 표정으로 사과했다.

"아, 아니야, 그렇지 않아! 나야말로 미안해. 네게 부담만 줘서."

세리아가 미안한지 얼굴에 그늘을 드리웠다.

"부담이라고 생각하지 않아요. 선생님을 데려가기 전에 말했잖아요? 있어야 할 상태로 돌아가도록 가능한 한 협력하겠다고요."

리오는 천천히 고개를 가로젓고 쾌활하게 미소 지었다.

"……응. 고마워. 고마워. 무사를 알릴 좋은 방법이 있으면 좋을 텐데 실제로 만날 수는 없고, 아무 생각이 안 나서 말하기 어려웠어……. 괜히 신경 쓰게 해서 미안해. 네 탓이 아니야."

세리아는 자기도 모르게 눈물을 머금고 안타까워하며 리오에게 고마움과 미안함을 표했다.

"……그럼 편지를 써보는 게 어떠세요? 내일 장을 본 다음에라도."

리오가 부드러운 목소리로 제안했다.

"편지?"

세리아가 눈을 반짝 떴다.

"제가 선생님의 본가에 보내드릴게요. 성에 숨어들었을 때처럼요."

리오가 장난스럽게 미소 지었다.

"아, 그렇구나……. 그, 그럼, 나도 따라가도 돼?"

무슨 말인지 이해한 세리아가 눈을 휘둥그렇게 뜨며 동행해도 되는지 물었다.

"네, 물론이죠!"

리오는 의젓하게 고개를 끄덕였다.

◇ ◇ ◇

그 뒤, 리오도 씻고 나오자 취침 시간이 다가왔다. 세리아의 방도 정했고, 잠자리에 들기만 하면 됐다.

"그럼 잘 자."

"네, 안녕히 주무세요. 선생님."

서로 취침 인사를 하고 거실을 떠나려 했다. 세리아는 물러가는 리오의 뒷모습을 흐뭇하게 바라보고 만족스럽게 발을 돌리려다가ー.

"아, 자, 잠깐, 잠깐만! 기다려!"

리오와 아이시아가 같은 방에 들어가려는 모습에 황급히 말을 걸었다.

"왜 그러세요?"

리오와 아이시아가 걸음을 멈추고 세리아를 돌아봤다.

"왜, 왜냐니. 왜 아주 당연하다는 듯이 둘이서 같은 방에 들어가? 무, 무엇을 할 셈, 이 아니라, 잘 거지?"

세리아가 상기된 목소리로 물었다.

"네? 그런데요……. 아, 죄송해요. 늘 있는 일이라."

리오가 아이시아를 보며 쓴웃음 짓고 겸연쩍게 머리를 긁적였다. 아이시아가 늘 곁에 있는 것에 너무 익숙해졌다고 반성했다. 아이시아는 이상하다는 듯이 고개를 갸웃거렸다.

"느, 늘?! 같이 잔다고?!"

세리아가 놀라서 눈을 휘둥그렇게 뜨며 물었다.

"아, 아뇨. 그렇긴 하지만. 진정하세요, 선생님. 이상한 짓은 안 했어요."

리오는 쭈뼛쭈뼛 대답하고 우선 세리아를 진정시키려고 했다. 잘 때는 영체화한다는 조건으로 같은 방을 쓰지만, 바로 가닥을 잡고 설명할 수 없었다.

"이, 이상한 일이라니……. 하, 하지만, 같은 방에서, 자는…… 거잖아?"

세리아가 무엇을 상상했는지 뺨을 붉혔다. 리오와 아이시아의 얼굴을 바라보지 못하고 사그라질 것 같은 목소리로 의문을 꺼냈다.

"아니, 같은 방에 있기는 하지만 물리적으로 잘못하지는 않았다고 할까요? 그, 아이시아는 영체화하거든요."

"영체……화…….."

리오가 간결하게 사정을 설명하자 세리아가 눈을 깜빡였다. 리오는 그 틈에 더 자세히 설명하기로 했다.

"정령인 아이시아는 마력이 원동력이에요. 정령계약을 맺어서 패스를 통해 계약자에게서 마력을 공급받을 수 있는데, 가까이 있어야 마력 공급 효율도 좋아진다고…… 그렇지? 아이시아."

리오가 아이시아에게 동의를 구했다.

"그것도 있지만, 하루토의 곁이 편하니까."

아이시아는 아무렇지도 않게 본심을 드러내며 리오에게 달라붙었다. 오해를 불러일으킬 만한 발언에 리오의 몸이 굳었다.

"……흐, 흐응, 그렇, 구나아. 사, 사이가 좋구나아?"

세리아도 급정지한 것처럼 굳었다가 몹시 당황해 목소리를 뒤집으며 말했다.

"서, 선생님?"

리오는 세리아가 걱정돼 황급히 말을 걸었다.

"왜, 왜?"

세리아는 애써 태연한 척 어색하게 고개를 갸웃거렸다.

"아니, 뭐랄, 할까요……."

리오는 난처한 얼굴로 머리를 긁적였다.

"셋이서 같이 잘래?"

그때, 아이시아가 갑자기 제안했다.

"어, 어어?"

놀라서 리오의 눈이 휘둥그레졌다.

"세리아도 같이 자자. 그러면 나도 실체화해서 잘 수 있어. 아무 문제 없어."

"아니, 아니……."

많이 있지.

"하루토는 싫어?"

"좋고 싫고의 문제가 아니라……."

리오는 난처한 나머지 세리아를 바라봤다.

"……무, 무슨 말을 하는 거야, 아이시아?!"

새빨개진 얼굴로 굳어 있던 세리아가 리오의 시선에 정신을 차리고 당황해서 외쳤다.

"목욕이라면 했어."

아이시아가 말했다.

"어…… 무슨 말이야?"

갑작스럽게 나온 말뜻을 이해하지 못하고 세리아가 물었다.

"낮잠 잘 때, 목욕해야 한다고 세리아가 말했어. 목욕하면 셋이서 같이 자도 된다는 거잖아?"

아이시아가 말뜻을 설명하며 세리아의 얼굴을 들여다봤다.

"아, 아니야! 그, 그건 그런 뜻으로 한 말이 아니야!"

세리아가 드디어 말뜻을 이해하고 황급히 고개를 저었다.

"……그럼 무슨 뜻?"

아이시아가 이상하다는 듯이 고개를 갸웃거렸다.

"그, 그러니까……. 아, 아니야, 아니라고, 리오?!"

창피한지 말문이 막힌 세리아는 도움의 손길을 바라듯

이 리오를 보며 호소했다.

"아, 아하하…… 알아요."

리오가 겸연쩍게 웃으며 대답했다. 그리고 잠시 후—.

"……즉, 세리아는 같이 못 자겠다는 거?"

아이시아가 자기 나름대로 답을 찾았는지 리오와 세리아를 보며 물었다.

"윽……."

세리아는 대답하기 곤란해 말을 우물거렸다.

"음, 그렇게 되나?"

리오가 고개를 꼬며 쭈뼛쭈뼛 긍정했다. 살짝 논점이 어긋난 것 같지만, 너무 깊이 생각하지 않는 게 나을 수도 있다고 생각하고.

"그럼 그만 자자. 졸려……."

아이시아가 피곤한지 작게 하품하고 리오의 팔을 잡아당겼다.

"자, 잠깐만, 아이시아?!"

리오는 세리아의 얼굴을 보며 아이시아를 말렸다.

"……아, 정말! 알았어, 알았다고!"

세리아는 잠시 갈등하다가 마음을 다잡고 리오와 아이시아에게 말을 걸었다. 리오와 아이시아가 멈춰 서서 세리아를 돌아봤다.

"어…… 뭘 아셨다는 거예요?"

리오가 머뭇머뭇 물었다.

"나, 나도 같은 방에서 잘게. 여, 역시 둘이서 자는 건 치…… 못 본 척할 수 없어. 정말로 문제가 없는지 확인할 거야!"

세리아가 흥분한 목소리로 부끄러워하며 말했다.

"네, 네에?!"

리오가 얼빠진 소리를 냈다. 설마 세리아가 그런 말을 꺼낼 줄은 몰랐다.

"왜, 왜? 아이시아하고는 한방에서 잘 수 있지만, 나는 안 돼?"

세리아가 의심하는 눈초리로 리오의 얼굴을 올려다봤다.

"되, 되고 안 되고의 문제가 아니라, 아이시아는 영체화해서 자는 걸요……."

리오는 세리아를 설득하려고 했다.

"세리아가 같이 자면 영체화 안 해. 세리아만 그러는 건 치사해."

아이시아가 실체화해서 잘 거라고 냉큼 선언했다.

"아, 아니, 아니, 괜찮으시겠어요? 선생님. 생각할 수 있는 가장 안 좋은 상황이 될 것 같은데요?!"

리오가 황급히 세리아에게 물었다.

"윽…… 그, 그러면 그래도 상관없어, 정말!"

세리아의 생각은 바뀌지 않았다.

"어, 어째서?"

"그럼 결정됐네. 가자."

리오가 아연해하자 아이시아가 다시 팔을 잡아당겼다.

결국, 세 사람의 공동생활 첫날밤은 셋이서 자게 됐다.

◇ ◇ ◇

세 사람은 리오가 침실로 사용하는 방으로 갔다.

"그럼 잘 자."

도미니크가 만든 특제 거대 침대에 아이시아, 리오, 세리아 순서대로 나란히 누웠다. 셋이서 자도 침대가 제법 남았다.

취침 인사 뒤, 긴장해서 침묵을 지키는 리오와 세리아와 달리, 말했던 대로 실체화 상태로 누운 아이시아는 몇 분 지나지 않아 새근새근 숨소리를 내기 시작했다.

그러자 세리아가 쭈뼛쭈뼛 일어났다.

"저, 정말 어서 자고 싶었을 뿐이구나, 이 아이……."

기막힘 반, 감탄 반으로 중얼거리며 아이시아의 자는 얼굴을 바라봤다.

"아하하, 그래서 말했잖아요. 이상한 짓은 안 한다고요. 지금이라도 다른 방에서 주무실래요?"

리오가 살짝 쓴웃음을 지으며 세리아에게 제안했다.

"시, 싫어."

세리아는 살짝 입을 내밀고 고개를 저었다.

"아니, 그렇게 걱정 안 하셔도 문제는 거의 안 일어나요."

"거의?"

"아, 아뇨, 안 일어나요."

세리아가 빤히 바라보자 리오가 상기된 목소리로 말을 살짝 정정했다. 간혹 아이시아가 잠결에 알몸으로 실체화하는 일이 있다고는 도저히 말할 수 없었다.

"거, 걱정은 이제 안 해. 이 아이, 제법 순진한 것 같고, 리오도 믿고 있고…….."

세리아가 조금 토라진 듯이 말했다.

"……그럼, 어째서?"

리오는 머뭇거리며 세리아의 본심을 물었다.

"그, 그야…… 가, 같은 집에 있는데 너희 둘만 같이 자고 나만 혼자서 자다니, 외, 외롭잖아."

세리아가 뺨을 붉히고 다른 곳을 보며 본심을 말했다.

"……그렇군요."

리오는 자기도 모르게 몸에서 힘을 빼고 재미있다는 듯이 웃었다.

"아, 웃었어!"

"죄송합니다."

세리아가 입을 내밀자 리오가 키득키득 웃으며 사과했다.

"정말. 나한테는 웃을 일이 아니라고."

"그래요?"

리오가 세리아의 얼굴을 바라봤다.

"……응. 그야 원래라면 나는 지금쯤, 그 사람과 같은 침대에 있었을지도 모르잖아?"

세리아가 머뭇머뭇 고개를 끄덕이고 불안한지 얼굴에 그늘을 드리웠다.

"선생님……."

리오는 이루 말할 수 없는 마음으로 세리아의 얼굴을 바라봤다. 그 사람이란 말할 것도 없이 샤를 아르보이리라.

"지금 이 행복한 상황이, 눈을 뜨면 꿈이 되는 것 아닐까, 상상하면 무서워. 그러니까 오늘만은, 하다못해 오늘 밤만은 이렇게 리오 옆에서 자게 해줘. 아침에 눈을 떴을 때, 리오의 얼굴을 제일 먼저 보고 안심하고 싶으니까……."

세리아가 리오의 잠옷을 꼭 잡았다.

"……걱정하지 마세요, 이건 꿈이 아니니까. 만약 꿈이라 해도 제가 한 번 더, 아니, 몇 번이고 선생님을 구하러 갈게요."

리오는 결연히 맹세하며 세리아의 손을 마주 잡았다.

"리오……."

세리아는 자기도 모르게 눈물을 글썽였다. 둘은 한동안 서로의 눈을 마주 봤다.

"안심하셨으면 이제 그만 잘까요? 내일도 일찍 일어나야 하니까."

리오가 다정하게 미소 지으며 세리아에게 제안했다. 같이 자요, 라고.

"……응. 그래, 안심하니까 왠지 피곤해졌어. 너무 떠들

면 아이시아도 깰 것 같으니……. 잘 자, 리오."

세리아도 미소 지으며 고개를 끄덕이고 다시 누웠다. 그
러자—.

"네, 안녕히 주무세요. 선생님."

리오가 살며시 세리아의 귓가에 속삭였다.

그리고 다음 날 아침.

"으음……."

세리아가 제일 먼저 눈을 떴다. 반짝 눈을 뜨자 코앞에
잠든 리오의 얼굴이 있어서—.

"웃?!"

몸을 움찔했다.

'앗, 맞아. 나, 리오와 같이 자겠다고 했지…….'

하지만 곧 지금 상황에 이른 경위를 떠올리고 살짝 긴장
을 풀었다. 리오는 새근새근 평온한 숨소리를 냈다. 그 너
머에 누운 아이시아도 아직 자는 모양이었다.

"후후……."

세리아는 즐겁게 웃으며 살며시 리오의 뺨에 손을 뻗었
다. 손을 대면 눈을 뜰 것 같아 닿기 직전에 손을 멈췄다.

'따뜻해.'

희미하게 전해지는 리오의 체온에 꿈이 아닌 것을 다시

확인하고 안도했다. 기분 탓인지 리오의 몸이 움찔거린 것 같았지만—.

"고마워, 리오."

세리아는 리오에게 감사를 표했다.

"내가 보답할 수 있는 일이라면 무엇이든 할 테니까 뭐든 말해."

그리고 살짝 중얼거렸다.

세리아는 작게 숨을 내쉬고 다시 눈을 감으며 잠기운에 몸을 맡겼다. 이대로 잠든 리오의 얼굴을 바라보는 것도 괜찮을 것 같지만, 지금이라면 기분 좋게 잘 수 있을 것 같았다. 그 생각대로 몇 분 지나지 않아 세리아가 안정된 숨소리를 내기 시작하자—.

'잠들었나?'

리오는 머뭇머뭇 눈을 떠 세리아의 잠든 얼굴을 확인하고 살며시 미소 지었다.

　한편, 장소와 시간을 바꿔서.

　정오 전, 정령의 주민이 사는 마을 광장에서는—.

　"마사토가 술래다!"

　마사토, 아키, 아르슬란, 벨라, 라티파 다섯 명이 다른 마을 아이들과 함께 술래잡기를 하고 있었다.

　"와아아, 도망쳐어!"

　그래봤자 애들 놀이 아니냐고 얕보지 마시라. 마을 아이들은 정령술로 신체를 강화해 말도 안 되는 속도로 달리고 있었다.

　"……일곱, 여덟, 아홉, 열! 좋아, 10초 지났다!"

　마사토는 10초를 세고 광장을 둘러봤다.

　그러자 조금 떨어진 곳에서—.

　"술래야, 이쪽. 손뼉 치는 쪽으로 와요!"

　벨라가 즐겁게 웃으며 손뼉을 쳐서 술래가 된 마사토를 도발했다.

　"야야, 마사토! 이쪽이야!"

　아르슬란도 우쭐한 표정을 지으며 마사토를 불렀다.

　"핫, 간다!"

　마사토는 호전적으로 웃으며 벨라를 쫓는 척하다가 아르슬란을 쫓기 시작했다. 인간의 한계를 초월한 속도였다.

"오, 왔네!"

비밀은 마사토가 찬 팔찌에 있었다. 정령술을 쓰지 못하는 마사토와 아키를 위해 출력을 조금 약하게 조정한 신체강화마술이 깃든 마도구였다.

사용하려면 아주 조금 마력제어 훈련을 해야 하는 마도구였다. 타고난 운동능력으로는 수인인 아르슬란과 벨라를 이길 수 없었지만, 마도구 덕분에 어찌어찌 마을 아이들과 동등한 속도를 낼 수 있었다.

속도감이 있어서 현대의 술래잡기보다 훨씬 즐거운지 마사토는 이 세계 술래잡기의 매력에 푹 빠져버렸다.

"헤헤헤, 드디어 마도구 성능을 충분히 끌어내게 된 모양이네. 괜찮은 속도야."

광장 끝까지 이동해 가벼운 몸놀림으로 나무 위로 타고 올라간 아르슬란이 뒤에서 쫓아오는 마사토를 보며 말했다.

"매일 훈련하니까! 오늘에야말로 잡아주마!"

마사토는 나무 아래에 멈춰 서서 대담하게 웃으며 아르슬란을 올려다봤다.

"헷. 나를 잡으려면 아직 5년은 일러!"

아르슬란은 옆 나무로 뛰었다. 나무와 나무 사이를 뛰어다니며 훌쩍훌쩍 이동했다.

마사토는 머리 위를 올려다보며 착실히 아르슬란을 쫓았다.

"안녕!"

그러자 아르슬란이 씨익 웃으며 나무에서 훌쩍 뛰어내렸다.

"아, 기다려!"

마사토는 서둘러 아르슬란이 뛰어내린 방향으로 달려갔다. 아르슬란이 뛰어내린 곳은 광장에 인접한 연못이었다.

"으쌰!"

아르슬란이 멋지게 수면에 착지했다. 주변에 물보라가 튀었지만, 가라앉지는 않았다.

"으악!"

한편, 마사토는 힘차게 물속으로 떨어져 버렸다.

"헤헤헤."

아르슬란은 참방참방 물 위를 걸어가서 가라앉은 마사토를 내려다봤다.

물속에서 거품이 부글부글 올라왔지만, 마사토가 올라오는 기적은 없었다. 잠시 후—.

"……푸하!"

힘차게 물속에서 튀어나온 마사토가 아르슬란을 잡으려고 덤벼들었다.

"왔구나!"

그러나 아르슬란은 마사토의 생각을 읽고 있었는지 화려하게 점프해 마사토의 손을 피했다.

"젠장—!"

마사토는 분개했다.

"위만 신경 쓰고 주변에 주의를 기울이지 않았어, 마사토."

아르슬란이 우쭐한 얼굴로 마사토에게 조언했다.

"나도 물 위를 걸을 수 있으면……."

마사토가 부러워하며 중얼거렸다.

"헤헤, 일류 정령술사는 싸울 장소를 가리지 않아. 뭐, 마사토도 몇 년 수행하면 물 위를 걸을 수 있다니까. 마도구에 의존하면 정령술 기량이 오르지 않으니까 열심히 수행해."

"뭘 잘난 듯이 말하는 거니?"

아르슬란이 자랑스럽게 말하자 어디선가 은능대 수인 소녀 사라가 나타나 어이없어하며 말했다.

"어, 어어?! 사라 누나, 놀랐잖아."

아르슬란이 몸을 흠칫했다.

사라의 접근을 눈치채지 못한 모양이었다.

"열심히 수행하렴."

사라는 후훗 웃고 물 위를 걸어 마사토와 아르슬란에게 다가갔다.

"……대단해, 사라 누나는 물 위를 걸어도 아르슬란처럼 참방참방 물보라가 안 튀어."

마사토가 동경을 담아 말했다. 소리를 내며 물 위를 걷는 아르슬란과 달리 사라는 물 위를 걸어도 작은 파문이 퍼질 뿐, 물이 튀지는 않았다.

"응? 으음, 달리면 소리는 나."

사라가 수면을 박차고 속도를 올렸다. 그러자 찰박 물이 튀고 사라가 사라졌다.

"오, 오오!"

마사토가 환희했다.

사라는 조금 떨어진 물 위에 서 있었다.

"내, 내 활약을 빼앗지 마아, 사라 누나."

아르슬란이 창피한지 토라졌다.

"아하하, 미안해. 점심시간이라 마사토를 부르러 왔어."

사라가 쓴웃음 지으며 사과하고 마사토를 봤다.

"아, 시간이 벌써 그렇게 됐구나!"

마사토의 표정이 확 밝아졌다.

"사라 언니, 빨리 가요!"

그때, 벨라, 라티파, 아키 세 사람이 연못가로 다가와 사라에게 말을 걸었다.

"그래— 조금만 기다려. 아, 참참. 점심 먹고 물놀이하러 갈 건데 너희도 갈래? 요즘 따뜻해지기도 했고, 새로 만든 수영복도 입어볼 겸."

아이들을 보며 대답한 사라가 물었다.

아이들은 서로의 얼굴을 마주 보고—

"갈래!"

기운차게 대답했다.

"나나, 나도 가고 싶어!"

"나도!"

마사토와 아르슬란도 귀가 솔깃해 손을 들었다.

"같이 가도 되는데, 성별을 나눈 물놀이장으로 갈 거다?"

그래도 괜찮아? 사라가 물었다. 그렇다. 마을에는 성별을 나눈 물놀이장과 가족용 공동 물놀이장이 있었다.

마사토와 아르슬란은 얼굴을 마주 보더니—.

"으, 응······."

살짝 어깨를 떨구고 입을 모아 승낙했다.

점심을 마치고—.

"물놀이해요!"

늑대 수인 소녀 벨라가 귀엽게 외치며 물놀이장인 연못으로 뛰어들려고 했다. 양손에는 라티파와 아키의 손을 잡고 있었다.

"으아아, 기다려, 벨라!"

아키는 복잡한 마음으로 뒤를 쫓았다.

"아하하, 벨라는 이렇게 되면 안 멈춰."

라티파가 유쾌하게 웃으며 아키에게 말했다.

"다 같이 가는 거예요! 하나, 둘!"

벨라는 좌우의 두 사람을 이끌며 크게 도약했다. 벨라를 선두로 수영복 차림의 소녀들이 허공을 날았다. 연못에 세차게 첨벙 뛰어들고 잠시 후—.

"푸하앗!"

세 사람이 일제히 얼굴을 내밀고 신선한 공기를 찾아 크게 숨을 들이마셨다.

"푸하—! 기분 좋아요!"

벨라가 기분 좋게 웃으며 고개를 좌우로 푸르르 흔들었다. 트레이드마크인 늑대 귀에 맺힌 수분이 수많은 물방울이 되어 흩어졌다.

"아이참, 벨라. 차가워."

아키가 즐겁게 웃으며 고개를 돌려 흩날리는 물방울을 막았다.

"에헤헤. 근데 기분 좋아."

한편, 라티파는 눈만 감은 채, 흩날리는 물방울을 막지 않고 얼굴에 맞았다. 기쁜지 귀가 잘게 떨렸다.

"너희들, 벌써 들어갔어? ……아무도 없다고 준비운동을 빼먹지는 않았겠지?"

벨라 일행보다 늦게 도착한 사라가 이미 물에 들어간 벨라 일행에게 미심쩍게 말을 걸었다. 뒤에는 미하루, 오피아, 아르마도 있었다.

"무, 물론, 여기 오는 길에 한 걸요. 자, 자아, 경쟁해요! 가요, 아키, 라티파!"

벨라가 시치미를 떼고 개구리헤엄을 치기 시작했다.

"제대로 했으니까 걱정하지 마, 사라 언니!"

그러자 라티파가 크게 대답하고 벨라의 뒤를 쫓았다.

"아하하, 벨라는 살짝 대충했지만."

쓴웃음 지으며 중얼거린 아키가 두 사람의 뒤를 쫓았다.

"음, 수상한데."

사라가 못 말린다며 탄식했다.

"후후, 우리도 준비운동 하고 들어가자. 이렇게 멋진 곳에서 수영할 수 있다니……."

즐겁게 웃은 미하루가 동심으로 돌아간 듯한 얼굴로 사라 일행에게 말을 걸었다. 지금 미하루 일행이 있는 곳은 밖이 훤히 보이는 동굴 연못을 드워프들이 개조한 자연 수영장이었다.

나무가 주위를 에워쌌고 물은 투명하리만치 깨끗했으며, 천장 틈으로 내리쬐는 햇볕에 수면이 반짝였다. 굉장히 환상적인 공간이라 평소에는 언니, 누나로서 아키와 마사토를 돌봐주는 미하루도 두근거림을 참을 수가 없었다.

"그러네요."

엘더드워프인 아르마가 키득 웃으며 고개를 끄덕이고 스트레칭을 시작했다.

"후후, 그럼 나도. 하나, 둘, 셋, 넷……."

하이엘프 오피아도 몸을 굽혔다 펴기 시작했다.

"으쌰."

미하루도 준비운동을 하자 사라도 그들을 따랐다.

'……으음, 역시 미하루는 몸매가 좋네요. 오피아도 제법. 아르마는 저보다 키가 작은데 가슴 크기는 별 차이가

없는 것 같은 느낌이……'

사라는 소녀들의 몸을 관찰하며 으음 하고 목을 울렸다.

이 자리에 있는 멤버와 종종 함께 목욕했었지만, 이렇게 수영복을 입은 모습을 보니 벗었을 때와는 또 다른 매력이 보였다.

"왜 그래요? 사라 언니."

아르마가 사라의 시선을 느끼고 물었다.

"아, 아뇨, 아무것도 아닙니다. 안 질 거예요!"

사라가 상기된 목소리로 말하고 고개를 젓더니 주먹을 쥐고 자신을 북돋웠다.

"네? 뭐, 됐어요. 미하루 언니가 가져온 수영복을 참고해서 만든 이 수영복, 착용감이 훌륭하네요. 속옷처럼 노출이 좀 많지만, 귀엽기도 하고 물속에서 움직이기 쉬울 것 같아요."

이상하다는 듯이 고개를 갸웃거린 아르마가 몸을 틀어 자신이 입고 있는 수영복을 봤다.

그렇다. 지금 그들이 입은 수영복은 미하루 일행이 리카 상회에서 구매한 수영복을 참고해 마을에서 만든 것이었다. 디자인이 현대풍이고 무척 귀여웠다.

"응. 그런데 부끄러워서 이성 앞에서는 못 입겠어. 여성용 물놀이장이라 다행인가?"

오피아가 키득 웃고 동의했다. 지금까지 마을에서 여성용 수영복은 목욕탕에 들어갈 때도 입는 하늘하늘한 흰옷인지라 남자 앞에서 노출이 많은 현대풍 수영복을 입으면 깜짝 놀랄 터였다.

"후후, 우리가 있던 세계에서는 이런 수영복을 입고 공용 시설을 이용해."

미하루가 문화 차이를 느끼고 조금 즐거워하며 웃었다.

"……부끄럽지 않습니까?"

사라가 미하루를 물끄러미 보며 물었다.

"으음, 나는 조금 부끄러워서 어느 정도 큰 뒤로는 그런 데로 놀러 가지 않았는데…… 그렇게까지 신경 쓰지 않는 사람이 더 많을, 걸?"

미하루가 고개를 갸웃거리고 수줍게 대답했다.

"그렇습니까, 미하루는 부끄럽다고……. 뭐, 이곳이라면 이성의 눈을 신경 쓰지 않아도 되니 마음껏 놀까요? 준비 운동은 충분한 것 같습니다."

사라가 납득하고 제안했다.

"언니들, 안 들어와?! 빨리 같이 놀자!"

라티파가 물속에서 손을 흔들며 미하루 일행에게 말을 걸었다.

"그래— 지금 갈게!"

사라가 대표로 대답했다.

그 뒤로 중간 중간 쉬면서 두 시간 꽉 채워서 물놀이를 즐기고 해가 지기 전에 돌아가기로 했다. 탈의실에서 수영복을 벗던 중—.

"오빠가 돌아오면 또 같이 놀자! 수영복 입은 걸 보여주는 거야!"

라티파가 천진난만하게 웃으며 제안했다.

"뭐?!"

소녀들이 심장이 떨어진 것 같은 표정을 지었다.

정령환상기

리오가 세리아, 아이시아와 첫날밤을 보낸 다음 날 아침.

리오 일행은 아침 식사를 마치고 세리아의 생필품을 사기 위해 리카 상회의 거점이 있는 아망드로 향했다.

아직 이른 오전 시간대였지만, 도시에 있는 가게 대부분이 영업을 시작해서 손님과 상인으로 일대가 북적였다.

"여기가 아망드구나. 들은 대로 무척 활기찬 도시네."

세리아가 외투 후드 아래로 거리에 늘어선 노점을 흥미롭게 바라봤다.

"우선 리카 상회의 가게에서 선생님의 옷을 사죠. 뿔뿔이 흩어지지 않게……."

리오가 제안하자―.

"손을 잡자."

아이시아가 익숙하게 리오의 왼손을 잡았다.

"……그렇구나. 그럼 나는 오른손을 잡아도 될까?"

세리아가 리오의 얼굴을 힐끗 올려다보고 조금 수줍어하며 허락을 구했다.

"물론이죠. 실례할게요."

리오는 의젓하게 고개를 끄덕이고 세리아의 손을 잡았다.

"으, 응……."

아주 익숙하네― 세리아는 두근거린 표정으로 중얼거리

고 머뭇거리며 리오의 손을 마주 잡았다.

세 사람은 인파를 뚫고 리카 상회 점포로 발을 옮겼다. 전에 미하루를 데려간 적 있는 여성용 의류 전문점이었다. 간만의 쇼핑에 세리아의 발걸음이 가볍고 기뻐 보였다.

"그럼 저는 지금부터 일단 따로 행동할게요. 문제가 생기면 아이시아에게 말해주세요. 원격 염화로 바로 돌아올게요."

건물 앞에 멈춰 선 리오가 세리아와 아이시아에게 말했다.

"응, 알았어. **하루토**."

세리아는 기분 좋게 고개를 끄덕이고 리오의 가명을 말했다. 일단 남의 눈이 있는 곳에서는 「리오」가 아닌 「하루토」로 부르기로 사전에 정해놓았다. 리오의 지명수배는 지금도 유효했다.

"**세실리아**를 잘 부탁해, 아이시아."

리오도 세리아의 가명을 입에 담고 아이시아에게 말했다.

세리아도 표면적으로는 납치당한 것인 이상, 아무런 변장도 하지 않고 이 주변을 느긋하게 돌아다닐 처지가 아니었다. 그래서 다른 사람들 앞에서는 「세실리아」라는 가명을 쓰기로 했다. 참고로 리오의 머리카락 색을 바꾼 것과 같은 마도구로, 후드 아래에 있는 세리아의 머리카락 색도 은백색에서 금발로 바꿨다.

"나한테 맡겨."

아이시아가 조용히, 든든하게 말했다.

"맡길게. 그럼."

리오는 만족스럽게 고개를 끄덕이고 발을 돌렸다.

"우리도 안으로 들어갈까?"

리오가 인파 속으로 사라지자 세리아가 외투 후드를 벗고 아이시아를 불렀다.

"응."

아이시아도 후드를 벗고 고개를 끄덕였다.

"어디 보자, 그럼 우선 1층부터 볼까? 아이시아도 고르는 거 도와줄래?"

가게로 들어간 세리아가 들뜬 목소리로 아이시아에게 말했다.

"그래."

아이시아가 흔쾌히 승낙했다.

그렇게 두 사람의 긴 쇼핑이 시작됐다.

선언한 대로 1층부터 순서대로 상품을 봤다. 4층 건물의 1층부터 3층은 의류와 액세서리 등의 소품을 취급했고 4층은 속옷 가게였다.

"아아, 리카 상회의 옷을 골라잡을 수 있다니, 역시 본고장은 다르구나. 어디부터 봐야 할지 모르겠어."

세리아가 후훗 웃고 이것저것 옷을 골랐다. 세리아는 비교적 인도어파이지만, 쇼핑은 좋아하는지 능수능란하게 자기 취향의 옷을 찾아냈다. 낭비하지 않는 타입이기도 한지 꼼꼼하게 가격표를 확인하는 것도 잊지 않았다. 두 사람의 조합은 눈에 띌 수밖에 없는지 점원과 다른 손님들이 힐끗거리며 주목했다.

"이건 어때?"

세리아가 한 벌 한 벌 아이시아에게 의견을 구하면ㅡ.

"아까 옷이 하루토 취향이야."

아이시아가 리오의 취향을 꼬집으며 적확하게 조언했다.

리오가 이 자리에 있었으면 '내 취향을 어떻게 알아?' 하며 굳은 미소를 지었을지도 모르겠다.

"과연, 그래. 하루토의 취향을 잘 아는구나. 그럼 이건 킵."

세리아가 만족스럽게 고개를 끄덕였다. 그 뒤, 위층으로 이동해 괜찮아 보이는 옷 여러 벌을 골라 점찍었다.

"좋아. 평상복은 봐놨으니까 먼저 속옷 가게에 갈까?"

이어서 속옷을 고르기 위해 4층으로 이동하기로 했다. 세리아는 기분 좋은 걸음으로 계단을 올랐다. 그러다 갑자기 걸음을 멈추고ㅡ.

"……이, 있지, 설마 하루토의 속옷 취향까지 아는 건 아니지?"

흠칫흠칫 물었다.

"그건 몰라. 속옷을 같이 고른 적은 없으니까."

아이시아가 조용히 고개를 저었다. 아이시아가 리오의 취향을 잘 아는 이유도 밝혀졌다. 실은 미하루를 데리고 두 번째로 물건을 사러 왔을 때, 함께 옷을 골랐다. 그 때, 미하루의 부탁으로 리오가 말한 의견을 똑똑히 기억해

됐던 것이었다.

"그, 그렇구나……."

세리아는 가슴을 쓸어내렸다. 안심되는 것 같기도 하고 아쉬운 것 같기도 한, 형언할 수 없는 기분이었다.

"그런데……."

"응?"

아이시아가 중얼거리자 세리아가 경계했다.

"아마 너무 화려한 속옷은 안 좋아할 거야."

"……왜, 왜?"

아이시아의 예상에 세리아는 꿀꺽 침을 삼키고 물었다.

"옷 취향상."

"흐, 흐응. 뭐, 확실히……. 뭐, 뭐어, 됐어. 골라볼까?"

세리아는 두근거리는 심장을 끌어안으며 납득하고 빠른 걸음으로 계단을 올라갔다. 아이시아는 묵묵히 그 뒤를 쫓았다.

"우와아, 속옷도 종류가 굉장히 다양하고 많네. 벨트람 왕국 지점은 물건이 얼마 없어서 금방 품절되는데. 이곳이라면 작…… 나한테 맞는 속옷도 있겠어."

속옷 가게에 발을 들인 세리아의 눈이 반짝반짝 빛났다.

"이곳이라면 마음껏 고를 수 있어. 그래서 하루토는 세실리아를 여기로 데려왔어."

아이시아가 설명했다.

실제로 리카 상회에서 만든 상품, 특히 여성용 상품은 기존 상품과 비교할 수 없을 정도로 질 좋은 물건이 많았다.

미하루 일행의 보증이 있기도 해서, 리오는 슈트랄 지방에서 물건을 사려면 아망드에서, 라는 철칙이 있었다.

참고로 글을 배운 미하루 일행도 리카 상회 상품 중에 일본어 이름의 상품이 섞여 있다는 것을 알게 됐고, 더 나아가 리카 상회가 가진 수수께끼에 이르렀다.

"후후. 그럼 하루토에게 더 감사해야겠네. 어서 골라볼까? 괜찮아 보이면 속옷부터 사자."

세리아는 정말 기쁜 듯이 만면의 미소를 짓고 속옷을 고르기 시작했다. 아이시아를 데리고 가벼운 걸음으로 속옷을 물색했다.

"항상 이용해주셔서 감사합니다. 괜찮으시다면 함께 오신 고객님의 치수를 측정해드리니 필요하시면 말씀해주세요."

그러던 중, 점원이 아이시아에게 고개를 숙이며 말했다.

"어머, 그럼 부탁해요. 그건 그렇고, 점원이 기억할 정도로 자주 다녔어?"

세리아가 점원의 제안을 받아들이며 아이시아에게 물었다.

"두 번밖에 안 왔어."

아이시아가 짧게 대답했다.

"고객님이 아름다우셔서 특히 기억에 남았었습니다. 그때 함께 오신 분들도 그러셨고, 오늘도 매우 아름다운 분과 함께 오셨으니까요."

점원이 웃으며 말을 보충하고 세리아를 봤다.

"아하하, 그랬구나. 그거 고마워요."

세리아가 수줍어하며 붙임성 있게 감사를 표했다.

"오늘은 세실리아의 속옷을 사러 온 거니까 나는 됐어."

아이시아가 세리아의 치수를 재달라는 듯이 말했다.

"알겠습니다. 그럼 바로 측정해도 될까요?"

"네, 부탁해요."

세리아는 신체 치수를 재기로 했다.

"그럼 이쪽으로."

탈의실을 겸한 방으로 가서 속옷 차림으로 가슴둘레부터 순서대로 측정했다.

"피부가 무척 아름다우세요. 맵시 나고, 같은 여자로서 부러울 따름입니다."

점원이 치수를 재며 세리아의 피부를 황홀하게 바라봤다.

"아하하, 그냥 유아체형이에요."

"그렇지 않습니다. 체격이 작으시긴 하지만, 확실히 나올 곳은 나온 여성적인 몸매예요."

세리아가 쓴웃음 지으며 자학하자 점원이 강하게 부정했다.

"……아하하, 고마워요."

세리아가 낯간지러운지 수줍어했다. 신체 측정은 곧 끝났고 세리아는 괜찮은 속옷 여러 벌을 입어보기로 했다.

◇ ◇ ◇

한편, 세리아 일행과 따로 행동하던 리오는 아망드 도시 내부에서 정보를 수집하고 있었다.

물론 수집 대상은 미하루 일행의 친척, 친구일지도 모르는 각 용사의 소재와 리오의 어머니를 죽인 용병 루시우스의 소재였다. 노점상을 돌아다니고, 낮부터 영업하는 술집을 방문하며 주문하는 김에 점주와 대화했다. 그러나—.

'전에 왔을 때와 똑같아. 용사도, **그 남자도**, 새로운 정보가 없군…….'

리오는 정보를 수집하던 술집에서 나와 작게 한숨을 내쉬었다. 세리아의 말에 의하면 가르아크 왕국도 용사소환을 일으키는 성석이 있을 텐데, 적어도 현시점에는 용사에 대한 정보가 돌지 않았다.

기껏해야 용사소환 현상으로 보이는 빛기둥이 가르아크 왕성에서 솟아올랐다는 목격담 정도였다. 어쩌면 정보가 통제되고 있는 건지도 모르겠다고 리오는 짐작했다.

'이렇게 된 거, 각국 성에 직접 잠입해볼까? 아이시아가 협력해주면 못할 것도 없는데…… 좀 위험한가?'

세리아 때와는 여러모로 상황이 달랐다.

'정공법으로 만나려면 연줄이 필요해. 그것도 상당히 유력한 왕후귀족의 연줄이. 그건 그거대로 위험하지만…….'

정공법은 정공법대로 성가셨다. 왕후귀족 사회에 소용돌이치는 속박을 직접 겪어본 적이 있으니까.

리오는 고민을 거듭하다가 큰 한숨을 내쉬었다.

'일단 각국 용사의 이름을 확인하는 게 가장 큰 목표야. 거리에서 정보를 수집하다가 알게 되면 그걸로 충분해. 설령 왕성에 잠입하더라도 욕심부리지 말고 접촉은 2순위로 두자. 어쨌든 생존 여부와 위치만 알아도 큰 수확이니까.'

어떻게 접촉할지는 좀 더 생각해보기로 했다. 문제를 뒤로 미루는 거지만, 아직 생각할 시간이 있었다.

그리고 앞으로는 세리아와 지내야 하기도 했다. 마술과 정령술에 대해 이것저것 가르쳐주기로 약속했지만, 말을 가르쳐주지는 않아도 되니 미하루 일행 때처럼 손이 많이 가지는 않을 것이다.

다음은—.

'루시우스…….'

리오는 어머니의 원수를 생각하고 이를 악물었다. 어쩌면 이 남자가 미하루 일행의 과제보다 더 어려울지도 모르겠다.

'모험가로서 유명한 용병단을 이끄는 단장이 됐다는 것까지는 파악했지만, 요 몇 년 동안 그 이름은 한 번도 수면 위로 나오지 않았어.'

그렇다. 그 용병의 이름은 『천상의 사자』라는 용병단과 함께 슈트랄 지방 일부 지역에 널리 알려져 있었다. 그러나 그 위치를 알 수 있을 만한 정보는 전무하다고 해도 될 정도였다.

'죽었나?'

그런 생각을 하니 말하기 어려운 감정이 솟구쳐 얼굴이 찌푸려졌다.

죽은 거라면 상관없다. 하지만 생사불명이라는 것으로 간단히 납득할 만큼 어중간한 원한이 아니었다.

마음 깊은 곳에 조용히 불타오르는 복수의 불꽃은 미하루 일행과 세리아와 재회한 지금도 결코 사그라지지 않았다.

리오는 주먹을 틀어쥐었다.

'……좀 더 조사해보자.'

리오는 작게 심호흡해서 마음을 가라앉히고 천천히 걸음을 내디뎠다.

그리고 약 한 시간이 지났다.

정보 수집을 마친 리오는 리카 상회 점포 2층, 탈의실 앞에 아이시아와 나란히 서 있었다.

"이거 어때?"

세리아는 고른 옷을 입고 리오와 아이시아 앞에서 한 바퀴 빙글 돌았다. 치맛자락이 살랑 흔들렸다.

"……굉장히 잘 어울려요. 왠지 마도사가 좋아할 것 같은 옷이네요."

리오는 자기도 모르게 눈을 크게 뜨고 흐뭇해하며 감상

을 말했다. 마도사가 좋아할 것 같은 옷이란, 자신이 마도 사임을 과시할 수 있는 전통적인 패션을 말했다.

"그렇지? 네 말대로 마도사용으로 만든 옷인데, 귀여우 니까 괜찮지 않을까 싶어서. 튼튼해서 여행하면서도 입을 수 있는 좋은 옷이야. 아이시아도 괜찮댔어."

세리아가 기쁜 듯이 에헤헤 웃으며 수줍어했다.

"세실리아는 원래 마도사이니까요. 굉장히 잘 어울려요."

"그, 그래? 고마워. 그럼 한 벌은 이걸로 하고, 다른 옷 도 봐줄래?"

"물론이죠."

리오는 흔쾌히 승낙했다. 탈의실에서 세리아의 패션쇼 가 개최됐다.

세리아가 고른 옷은 전부 청순하고 귀여운, 아이시아의 조언대로 리오의 취향에 맞춘 것뿐이라 모든 옷에 「근사해 요」라는 상투적인 감상이 리오의 입에서 흘러나왔다.

여러 벌 째―.

"이건 어때?"

"좋은데요? 근사해요."

세리아의 물음에 리오가 해맑게 감상을 말했다.

"……정말, 칭찬해주는 건 고마운데 감상이 다 똑같잖아."

세리아가 불만스러운 표정을 지으며 입을 내밀었다.

"아하하, 죄송해요. 옷은 잘 모르지만, 세실리아의 센스 가 좋고, 세실리아가 귀여워서 뭘 입어도 잘 어울려요."

리오가 넉살 좋게 말하고 겸연쩍게 머리를 긁적였다.

"뭐⋯⋯."

허를 찔린 세리아의 얼굴이 자기도 모르게 붉어졌다.

"⋯⋯세실리아, 부끄러워?"

아이시아가 세리아의 안색을 살피며 말했다.

"아, 안 부끄러워!"

세리아가 당황해서 변명했다.

"자, 자자, 다른 옷을 보여주실래요? 세실리아."

리오는 가게에 피해가 가지 않도록 세리아를 달래고 쓴
웃음 지으며 패션쇼를 계속해달라고 권했다.

"으, 응."

세리아는 뺨을 붉히며 고개를 끄덕이고 서둘러 탈의실
커튼을 쳤다.

◇ ◇ ◇

그로부터 몇십 분 후.

리오 일행은 무사히 쇼핑을 마치고 점심을 먹기 위해 리
카 상회의 고급 레스토랑으로 갔다.

마침 점심시간 피크가 지난 시간이라 오래 기다리지 않
고 객실 자리로 안내받았다.

"미안해. 생각보다 많이 사서⋯⋯."

자리에 앉자 세리아가 머뭇거리며 맞은편에 앉은 리오

에게 고개를 숙였다. 아까 쇼핑을 하다가 최종후보로 남은 옷가지 수가 많아 세리아가 고민하자, 고민할 정도면 전부 사자는 리오의 한 마디로 구매가 결정됐기 때문이었다.

"아뇨, 신경 쓰지 마세요. 그렇게 많이 산 것도 아니고, 생활에 필요한 거잖아요."

리오는 의젓하게 고개를 저었다.

"하지만…… 제법 비쌌잖아."

한 벌 한 벌 가격표를 꼼꼼하게 확인했기 때문에 대략적인 가격은 짐작이 됐다. 학원에서 일했을 시절의 세리아라고 해도 전부 사는 건 망설여질 만한 금액이었다.

"괜찮아요. 여행하는 동안 짐승을 사냥해서 얻은 소재와 마물의 마석을 팔아서 벌어 놓고 손대지 않은 돈이 남아 있어요."

실제로 리오는 틈날 때마다 식재료 확보와 훈련을 겸해 짐승과 마물을 사냥해와서, 낭비가 심한 몇몇 귀족보다는 주머니가 제법 두툼했다.

"……정말 무리하는 거 아니지?"

세리아가 리오의 얼굴을 빤히 바라보며 물었다.

"네, 물론이죠."

리오가 가볍게 고개를 끄덕였다.

"……알았어. 고마워."

세리아는 작게 탄식하고 미안해하며 예를 표했다. 필요 없다고 거절할 것 같아 말하지는 않았지만, 이 빚도 언젠가 꼭 갚기로 다짐했다.

"그건 그렇고, 런치 코스로 주문해도 되나요?"

리오가 얼른 화제를 돌렸다.

"응. 리……가 아니라 하루토에게 맡길게."

세리아가 고개를 끄덕이고 「리오」라고 말을 걸다가 황급히 「하루토」로 말을 고쳤다. 아직은 방심하면 본명으로 부를 것 같았다.

"아이시아도 괜찮아?"

리오는 쓴웃음을 지으며 아이시아에게도 물었다.

"응. 맡길게."

아이시아가 꾸벅 고개를 끄덕였다.

점원을 불러 주문하자 곧 전채요리가 나오며 즐거운 점심시간이 시작됐다.

샐러드, 수프, 빵, 파스타, 고기 요리 순서대로 음식이 나왔고, 셋이서 음식을 즐기며 부드럽게 대화를 나누는 즐거운 한때가 지나갔다.

그리고 마지막 디저트를 다 먹었을 때였다.

"이 가게 어떠셨어요?"

식사 중에도 요리 감상을 묻던 리오가 세리아에게 물었다.

"응, 좋은 가게네. 다 맛있었는데 특히 파스타는 본고장을 떠올리게 하는 맛이었어. 벨트람 왕국 왕도에 같은 가게가 있었으면 자주 갔을 것 같은데……."

세리아가 만족스럽게 감상을 말하다가 마지막에 생각에 잠기는 표정을 지었다.

"같은데?"

리오가 물었다.

"어제, 하루토가 만들어준 요리가 더 맛있는 것 같기도 하고."

세리아가 부끄러워하며 말했다.

"……고맙습니다."

허를 찔린 리오는 눈을 휘둥그렇게 뜨고 낯간지러워하며 감사를 표했다.

"그러고 보니 학원 시절에 간단한 음식을 만들어서 연구실로 갖고 와준 적이 있었지. 하루토, 요리 잘해?"

세리아가 리오의 반응을 보고 기분 좋게 웃더니 이번에는 자기가 화제를 바꿨다.

"잘하는지는 모르겠지만, 전생의 지식 덕분이에요. 혼자 살며 요리한 기간이 길어서 다양한 레시피를 익혔거든요."

리오가 겸손해하며 비법을 밝혔다.

"아, 그렇구나……. 벨트람 왕국의 귀족 요리는 참 덤덤하다고 할까, 맛이 진해서 쉽게 물리는 게 많아. 그런데 하루토의 요리는 섬세한 맛이 나. 어제 처음 본 요리도 있었는데 혹시 그중에도?"

세리아가 납득하고 새로운 질문을 했다.

"네, 이 세계에 없는 레시피를 이 세계의 식재료에 맞춰

서 만든 요리도 있었어요. ……파스타와 비슷한 요리 레시피도 있는데 만들어볼까요?"

리오는 파스타 자체가 지구에서의 지식을 활용한 식재료라는 것을 숨기고 세리아를 떠봤다.

"정말?! 한때는 벨트람 왕국에도 파스타 붐이 일었는데, 질려서 한동안 안 먹었거든."

세리아가 기쁘게 미소 지었다. 아무래도 이 가게에서 먹은 파스타 덕분에 기대치가 오른 모양이었다.

"그럼 오늘 밤에 바로 만들게요."

"응, 기대할게! 앗, 괜찮으면 만드는 거 봐도 될까?"

세리아가 기뻐하며 고개를 끄덕이고 물었다.

"네? 괜찮지만…… 재미없을걸요?"

리오가 의아하게 여기며 승낙했다.

"아니, 나도 요리를 배워보고 싶어서. 매번 하루토만 만들면 미안하고, 여러모로 감사를 담아서 리오에게 내 요리를 대접하고 싶어서……."

세리아가 부끄러워하며 말했다. 세리아 나름대로 리오를 위해 할 수 있는 일을 이것저것 생각해본 모양이었다. 참고로 고위 귀족 영애가 요리하는 것은 매우 드문 일이었다.

"……그런 거라면 기꺼이요. 저도 세실리아의 수제 요리를 먹어보고 싶네요."

리오는 가정적인 앞치마를 입은 세리아를 상상하고 자기도 모르게 미소 지었다. 의외로, 아니, 제법 어울릴 것 같았다.

"으, 응. 어떻게 만드는지 결국 하루토에게 물어보겠지만, 가르쳐주기다?"

세리아가 그런 부탁을 하며 머뭇머뭇 리오의 얼굴을 바라봤다.

〖 제 4 장 〗 ✳ 잠입, 크렐 백작 저택

　그날, 바위 집으로 돌아온 세리아는 배정 받은 방에 틀어박혀 편지를 썼다. 받는 이는 물론 세리아의 가족이었다.

　무사하다는 것을 전하는 것 외에 무엇을 써야 할까, 어디까지 써도 될까, 고민하며 편지글을 써나갔다. 그렇게 쓰기 시작하고 몇 시간 뒤. 일단 납득할만한 내용을 적은 편지를 완성했다.

　못해도 하룻밤은 묵혀두고 퇴고하고 싶었지만, 일단 지금 봤을 때 내용에 문제 없는지 꼼꼼하게 다시 읽었다.

　"……다 썼다."

　세리아는 깊게 숨을 내쉬고 손에 든 깃펜을 책상 위에 놓았다. 양손을 앞으로 뻗어 가볍게 기지개를 켜고 의자에서 일어나 문으로 갔다. 문을 열고 거실로 가자 리오와 아이시아가 소파에 앉아 대화를 나누고 있었다.

　두 사람은 바로 세리아를 알아차렸다.

　"선생님, 편지 다 쓰셨어요?"

　리오가 세리아에게 말했다.

　"응. 일단은. 내용에 문제가 없는지 리오도 읽어줬으면 하는데……."

　세리아가 고개를 끄덕이고 머뭇거리며 리오에게 부탁했다.

"물론 괜찮아요."

"고마워. 부탁해."

리오는 세리아의 편지를 건네받아 읽기 시작했다.

"역시 선생님 글씨는 예뻐요."

리오의 입가에 미소가 떠올랐다.

"저, 정말, 그런 건 됐으니까 내용은 문제없어?"

세리아가 뺨을 붉히며 물었다.

"…………네. 특별히 문제는 없네요. 따뜻한 편지예요."

리오는 빠르게 내용을 확인하고 세리아에게 편지를 돌려줬다.

"그, 그래. 고마워."

세리아는 부끄러워하며 편지를 받았다.

"실은 마침 크렐 백작령으로 어떻게 갈지 이야기하고 있었어요. 한동안 아망드 근교에 거점을 두고 모레라도 출발할 생각인데, 가는 길에 한 군데 들르고 싶은 곳이 있어서요."

리오가 새로운 화제를 꺼냈다.

"상관은 없는데, 어딜 들르려고?"

세리아가 물었다.

"로던 후작령, 영도 로다니아요."

리오는 목적지를 밝혔다.

"플로라 님을 옹립한 유그노 공작파의 거점…… 소환된 용사님을 확인하러 가는 거구나?"

세리아는 리오가 로다니아로 가는 목적을 바로 짐작했다.

"금방 이해해주셔서 다행이에요."

리오가 방긋 웃으며 고개를 끄덕였다.

어제 세리아가 말한 용사소환을 일으킨 성석을 보유했다고 판명된 국가 또는 세력은 네 개. 벨트람 왕국 본국, 벨트람 왕국 본국을 배반한 유그노 공작파, 가르아크 왕국, 센트스텔라 왕국.

이 중, 현시점에 이름이 밝혀진 것은 벨트람 왕국 본국에 소속된 용사 루이 시게쿠라뿐. 그래서 벨트람 왕국의 크렐 백작령으로 가는 김에 유그노 공작파에 소속된 용사의 이름을 확인할 생각이었다.

"너희라면 내가 말 할 필요도 없겠지만, 조심해."

세리아는 그렇게 말하며 쭈뼛쭈뼛 리오와 아이시아의 얼굴을 바라봤다.

"네, 일단 이름만 확인하는 게 목표니까 너무 위험한 짓은 안 할게요."

리오는 세리아가 불안해하지 않도록 의젓하게 대답했다.

"……그 말은, 로다니아에 있는 용사가 찾던 사람이어도 접촉하지는 않겠다는 말이야?"

"그건 경비 상황 등을 보고 신중하게 판단할 거예요. 갑자기 나타난 낯선 침입자의 이야기를 얌전히 들어줄지도 알 수 없고, 최악의 경우 전투가 벌어졌을 때, 용사가 어떤 능력과 힘을 가졌을지는 완전히 미지수니까요."

지인을 만나러 가는 것과는 비교할 수 없으니 위험한 짓은 하지 않는다.

"용사의 힘이라. 이미 알지도 모르는데 일단 전승되는 이야기는 있어. 신장(神装)이라 불리는 무구를 갖고 수천에 이르는 마의 군세를 일격에 물리쳤다고 말이야."

세리아가 용사의 힘에 관해 전승되는 이야기를 알려줬다.

"······벨트람 왕국 성에 소환된 용사 루이 시게쿠라는 그런 힘이 있었나요?"

리오가 호기심에 물었다. 전승은 전승이다. 사실은 어떨지 몰랐다. 하지만 지금은 전승의 용사가 다시 나타난 시대이니 알아보는 게 불가능하지 않았다.

"자세히는 몰라. 그런데 신장은 있었대. 루이 시게쿠라 님은 활처럼 생긴 무기였다고 해. 듣기로는 벼락을 조종한다나?"

"벼락을 조종하는 신장이군요······."

리오가 중얼거렸다.

'설마 그때 공격한 게······.'

짐작 가는 바가 있었다. 왕도에서 세리아를 안전하게 탈출시키기 위해 양동 작전을 펼쳤을 때, 첨탑 위에서 저격한 소년이었다.

"왜 그래?"

세리아가 이상함을 느끼고 리오의 얼굴을 들여다봤다.

"아무것도 아니에요. 그 신장에 수천에 이르는 마의 군세를 쓰러뜨릴 정도의 위력이 숨겨져 있는 걸까요?"

리오는 고개를 젓고 질문했다. 어쩌면 용사와 교전한 걸지도 모르겠다고 말해봤자 세리아를 걱정시킬 뿐이었다.

"모르겠어. 가령 그만한 위력을 담은 공격을 한다고 하면, 안이하게 근처에서 쓰게 할 수도 없는 노릇이고⋯⋯."

"뭐, 그건 그렇겠네요."

리오는 쓴웃음을 지으며 납득했다. 자칫 잘못하면 지형이 바뀔 수도 있었다.

"음, 그런데⋯⋯."

"그런데?"

세리아가 얼굴에 그늘을 드리우고 뜸을 들이자 리오가 재촉했다.

"내가 사람이 내재적으로 보유한 마력량을 측정하는 마도구를 개발하던 거 기억해?"

그러자 세리아가 갑자기 화제를 바꿔 리오에게 물었다.

"물론이죠."

"실은 얼마 전에 개발에 성공했어."

"⋯⋯축하드려요. 대단하네요. 역사적인 위업 아니에요?"

리오가 눈을 크게 뜨며 축하했다. 사람이 보유한 마력량을 측정하는 마도구 개발은 지금까지 성공한 적 없는 어려운 일이었다.

"고마워. 그래서 실은 그 마도구로 용사님과 같이 소환된 친구들의 마력을 측정해봤는데⋯⋯."

세리아는 수줍게 미소 지었다가 다시 심각한 표정을 짓

고 이야기를 이어갔다.

"어느 정도였어요?"

리오는 말허리를 자르지 않고 진지한 얼굴로 물었다.

"……다들 마력이 너무 많아서 측정할 수 없었어. 마도구가 망가졌어. 일단은 광역섬멸용 최상급 마법 10회분의 마력까지 측정할 수 있게 만든 건데……."

세리아가 시무룩한 표정으로 결과를 보고했다.

광역섬멸용 최상급 마법이란 주로 전쟁에 사용할 것을 전제로 개발된 초고위력 대마법이다. 밀집지대에 쓰면 몇백 명 단위로 목숨을 빼앗을 정도의 위력을 가졌다. 단, 술식계약 적합률이 낮아서 소비마력량이 차원이 달라 보통 마도사는 쓰지 못할 정도의 마력이 필요하다는 것이 약점이었다.

"그렇군요. 용사뿐만 아니라 친구들도 마력 측정이 불가능했다, 라……."

리오는 그럼 미하루 일행도 마력이 제법 많을지도 모르겠다는 생각을 했다.

"실제로 광역섬멸용 최상급 마법을 쓰는 건 본 적이 없는데, 선생님의 마력은 어느 정도예요?"

그리고 참고삼아 천재 마도사인 세리아의 마력량을 물어봤다.

"마력회복용 포션 없이 광역섬멸용 최상급 마법을 두 번 쓰는 게 한계야. 이래봬도 난 일단 벨트람 왕국에서 가장 마력이 많은 마도사야."

세리아가 탄식하고 쓴웃음을 섞어 대답했다.

"그런 선생님도 두 번이 한계군요……."

리오가 생각에 잠긴 표정을 지으며 입가에 손을 댔다.

"하루토의 마력도 끝이 없어."

아이시아가 말했다.

"……그래?"

세리아가 눈을 크게 뜨고 리오의 안색을 살피듯이 물었다.

"음, 글쎄요? 많다는 말은 들었는데 정확하게 측정한 적은 없어서."

리오가 난처한 얼굴로 머리를 긁적였다.

"무진장 있어서 바닥이 보이지 않아. 예를 들어 세리아의 마력이 통 하나를 가득 채운 물이라면 하루토의 마력은 물이 한없이 흘러넘치는 거대한 호수. 미하루네도 하루토 정도는 아니지만, 마력이 꽤 많아."

아이시아가 비유를 들어 상식을 벗어난 리오의 마력을 설명했다.

"아, 아하하……. 엄청나네."

세리아는 자기도 모르게 굳은 미소를 지었다. 그 말이 사실이라면 비교하는 것 자체가 바보 같을 정도의 차이였다. 믿기 어려운 말이지만, 아이시아가 의미도 없이 거짓말할 아이가 아니라는 것은 인연이 짧아도 잘 알 수 있었다.

"……어라, 그런데 잠깐만. 어떻게 네가 리오의 마력량을 알아?"

세리아가 문득 알아차린 의문을 꺼내며 아이시아를 바라봤다.

"정령은 대상 속으로 들어가서 상대의 대략적인 마력량을 측정할 수 있어. 나와 하루토는 패스로 영적으로 이어져 있어서 더 정확하게 알 수 있어. 그런데도 하루토의 마력량은 바닥이 안 보여."

"……그 말은 너도 정확한 양은 모른다는 거야?"

"맞아."

세리아가 머뭇거리며 확인하자 아이시아가 짧게 긍정했다.

"아하하. 지금은 제 마력량보다 로다니아에 있는 용사 이야기를 하죠. 그리고 선생님의 본가에 편지를 보내는 것도요."

리오가 쓴웃음을 지으며 벗어난 이야기를 원래대로 끌고 왔다.

"……그래. 편지는 내게 생각이 있어. 저택 정원에 저택으로 이어진 비밀 통로가 있어. 그걸 쓰면 문제없이 편지를 두고 돌아올 수 있을 거야."

세리아가 지친 듯이 동의하고 본가 잠입 이야기를 꺼냈다.

"그렇군요. 그럼 본가 잠입은 선생님이 안내해주시는 게 확실하겠어요."

리오가 세리아를 믿음직스럽게 바라봤다.

"응, 맡겨줘."

세리아가 가슴을 펴고 대답했다.

"그러면 역시 로다니아 잠입이 문제인데요……. 선생님은 안전한 곳에서 대기해주실래요?"

리오가 세리아를 떠봤다.

"응, 만일의 사태가 일어나면 나는 걸림돌만 될 것 같으니까. 하다못해 호신술이라도 쓸 수 있으면 좋을 텐데……."

세리아는 순순히 승낙했다. 아무리 마법을 쓸 수 있다고 해도 세리아는 군인으로 전투훈련을 받지 않았다. 전투 시에 망설이지 않고 사람에게 공격마법을 쓸 수 있을지 알 수 없었고, 근접 전투 능력도 없었다. 적이 근거리에 접근하면 평범한 여자였다.

리오는 잠깐 생각에 잠겼다.

"괜찮으시면 간단한 호신술을 가르쳐드릴까요? 물론 기본적으로는 저와 아이시아가 호위하겠지만, 앞으로 외출할 때가 가끔 있을 거예요."

세리아에게 제안했다.

"……그래. 집에만 있어도 좋지 않으니, 부탁할까?"

세리아는 인도어파였지만, 적극적으로 대답했다.

"그럼 크렐 백작령에서 돌아오면 마술과 정령술 강의와 같이 시작할까요?"

"응. 요리도 가르쳐주기로 약속했고, 처지가 뒤바뀌었네. 옛날에는 내가 선생님이었는데, 후후."

세리아가 고개를 끄덕이고 즐겁게 웃자—.

"선생님은 지금도 제 선생님이에요."

리오도 밝게 미소 지었다.

◇ ◇ ◇

그리고 이틀 뒤 점심시간이 지났을 무렵.

세리아를 안고 날아오른 리오는 아이시아와 함께 크렐 백작령 영도 크레이아를 방문했다.

크렐 백작령 영도 크레이아―. 벨트람 왕국 동쪽에 있으며, 가르아크 왕국과 이어진 주요 도로가 지나가는 지방 도시다. 리오가 들르는 것은 처음이었다.

인구는 3만 명, 지방 도시로는 중견 이상의 규모를 자랑하며 벨트람 왕국 동서 교역의 중요 지점이었다.

리오 일행은 도시 동쪽에서 들어가 셋이서 손을 잡고 큰 길을 걸었다.

"저택은 밤에 잠입하기로 하고, 그 전에 어디 가볼까요?"

리오가 오른쪽에서 걷는 세리아에게 물었다. 크레이아는 세리아의 고향이었다. 추억의 장소가 있을지도 모르겠다고 생각했다.

"으음, 괜찮아. 어쩌면 지인이 있을지도 모르고, 이렇게 도시의 거리를 보는 것만으로도 충분하니까."

세리아는 고개를 가로저었다. 외투 후드를 써서 얼굴이 잘 보이지 않지만, 기분 탓인지 리오의 눈에는 쓸쓸해 보였다.

"그럼 산책하자. 배고파. 맛있는 것도 먹자."

그러자 아이시아가 왼쪽에서 리오와 세리아를 보며 리오의 왼손을 잡아당겼다. 아이시아 나름대로 세리아를 위로해주는 것 같았다.

"……그래. 갈까요? 선생님. 명물 요리가 있으면 먹어요."

리오는 살며시 미소 짓고 세리아의 손을 잡아당겼다.

"아, 잠깐만. 기다려봐, 두 사람."

세리아는 입으로는 항의하면서도 즐겁게 미소 지으며 두 사람이 가는 대로 몸을 맡겼다. 시간은 순식간에 흘렀다.

리오 일행이 이것저것 먹으며 돌아다니는 사이에 해 질 녘이 됐다. 지금은 멋진 카페에 앉아 차를 마시며 쉬는 중이었다.

2층 테라스의 3인용 테이블 자리에 앉아 어두워지기 시작한 도시의 사람들을 바라보며 추가로 주문한 디저트를 즐겼다.

"좀 과식했네요."

리오가 배에 손을 대고 쓴웃음을 지으며 말했다.

"으, 응. 맛있었지만, 이 디저트 스콘은 먹지 말걸 그랬나 봐. 저녁은 못 먹겠어. 으으, 다이어트해야지……."

세리아가 죄책감에 젖어 고개를 떨구듯이 대답했다.

"맛있었어."

한편, 정령인 아이시아는 먹은 음식물을 마력으로 변환

할 수 있기에 아무리 먹어도 살이 찌지 않아서 그런지 태연했다.

"정령은 신체 구조가 어떻게 된 거야? 부러워……."

세리아는 입을 내밀며 아이시아를 봤다.

"실체화로 몸을 얻는 것은 영적인 존재인 정령에게만 허락된 특수한 정령술. 사람의 생명 활동에 필요한 장기가 어떻게 기능하는지는 모르지만, 기본적으로 구조와 신체 능력은 평범한 인간과 다르지 않아."

"흐, 흐음……."

예상외로 아이시아가 성실하게 대답하자 세리아는 허를 찔렸다.

"정령술은 자연법칙에 반한 현상을 일으키려고 하면 할수록 대량의 마력을 소비하거든요. 평범한 인간과 같은 구조로 실체화하는 게 가장 자연스럽다고 생각해요."

그러자 리오가 자신의 추측을 섞어 설명했다.

"그렇구나. 확실히 자연법칙에 반하는 현상과 소비마력의 관계는, 마술도……."

세리아가 흠흠 목을 울리며 홀로 생각의 세계에 빠졌다. 이렇게 되면 한동안은 이야기를 듣지 않을 거라며 리오는 쓴웃음을 지었다.

"슬슬 어두워졌어."

그때, 아이시아가 말했다.

리오는 잠깐 생각하더니—.

"……조금만 더 기다리자. 아직 왕래하는 사람도 꽤 있고, 배도 좀 꺼뜨려야 하고."

아하하 하고 웃으며 휴식시간을 늘리기로 했다.

◇ ◇ ◇

그로부터 약 한 시간이 지났다. 리오 일행은 숙박 거리를 제외하고 인적이 사라진 도시 내부를 지나 크렐 백작 저택으로 향했다.

높직한 언덕 위에 있는 부지 내에는 화톳불이 타올랐고, 여기저기 순찰병이 돌아다녔다. 아마추어라면 금방 발각될 만한 방범 태세였다. 그러나 리오와 아이시아는 어둠을 틈타서 정령술로 날아올라 들키지 않고 부지 구석에 착지했다.

"여기서부터 비밀 통로까지 들키지 않고 갈 수 있을까요? 뭣하면 지붕 위에서 침입해도 되는데요…….."

리오는 안고 있던 세리아를 바닥에 내려주고 저택으로 이어지는 부지 상황을 수풀 사이로 엿보며 작게 말했다.

"괜찮아. 사람 눈이 닿기 힘든 곳에 출입구가 있어."

"알겠습니다. 그럼 안내 부탁드려요."

"응, 이쪽이야."

세리아는 고개를 끄덕이고 허리를 숙여 이동했다. 리오와 아이시아는 향하는 쪽에 순찰병이 있는지 기척을 살피며 세리아의 뒤를 쫓았다.

　그렇게 이동하기를 약 1분—.

　"저 분수. 저택에서 봤을 때 뒤쪽 바닥에 비밀 통로 입구가 있어."

　세리아가 멈춰 서서 정원 밖에 있는 분수 하나를 가리켰다.

　"그렇군요. 일단 순찰병이 근처에 있지는 않은데…… 잠깐 안아도 될까요?"

　리오가 그림자 속에서 정원 상황을 보고 세리아에게 물었다.

　"어……?"

　세리아는 자기도 모르게 당황해 굳어버렸다.

　"여기서 저 분수로 이동하다가 발각될 우려가 있으니 만약을 위해 정령술로 모습을 감추려고요."

　리오가 사정을 설명했다.

　"아, 아아, 그 말이었구나. 왕도에서 탈출할 때, 아이시아가 쓴 정령술인가? 응, 괜찮아."

　무슨 말인지 이해한 세리아가 어떤 정령술을 사용할지 짐작했다. 아무래도 왕도에서 탈출할 때, 리오가 양동 작전을 펼치는 동안 아이시아가 쓴 모양이다.

　"그럼 실례할게요. 갈까? 아이시아."

　리오가 세리아를 안고 아이시아에게 물었다.

　"응. 정령술은 내가 쓸게."

　"고마워, 부탁할게."

"나한테 맡겨."

아이시아는 말을 마치고 정령술을 발동했다. 미풍이 일어나 리오 일행을 감쌌다.

"가죠."

그리고 리오가 걸음을 내디뎠다. 아이시아도 따라서 걷자—.

"······저기, **리오한테는 주변 풍경이 보이는 거지?**"

안겨있던 세리아가 작게 물었다. 현재, 세리아의 눈에는 주변 풍경이 하나도 보이지 않았다. 안개가 낀 것처럼 공간이 굴절됐다.

"네. 선생님도 마력을 가시화할 수 있게 훈련하면 보일 거예요."

리오가 세리아의 말을 긍정하며 설명했다. 지금 아이시아가 사용한 것은 바람 계통 정령술을 응용한 불가시 환각으로, 자신의 마력을 주변 공기에 섞어서 특수한 공간을 형성해, 마치 공간 내의 대상이 투명해진 것처럼 착각하게 하는 기술이었다.

하지만 영체화와 달리 물리적으로 실재하는지라 소리와 기척까지 차단하지는 못했다. 그리고 외부에서 물질적으로 간섭하거나 접촉하면 공간이 쉽게 흔들리기 때문에 거친 동작은 못 한다는 결점이 있었다. 뛰고 나는 것은 절대 금지였다.

그밖에도 마력을 가시화할 수 있는 사람이라면 정령술

발동을 간파해 내부를 볼 수 있고, 보지 못하더라도 마력 지각 감도가 높으면 위화감을 느끼기 때문에 쓸만한 곳이 한정됐다.

하지만 슈트랄 지방의 인간족 중에 마력을 볼 수 있는 사람은 거의 없으니 결점을 보충하고도 남을 정도로 실용성이 높았다.

그렇게 주변 풍경에 녹아 분수 앞까지 이동하자—.

"아이시아, 분수 물보라 때문에 공간이 흔들려. 그만 해제해도 돼."

리오가 아이시아에게 정령술을 풀라고 지시했다.

"응."

아이시아가 정령술을 풀자 세리아의 눈에도 외부 풍경이 보였다.

"선생님, 순찰병이 올지도 모르니까 입구를 열어주세요."

"맡겨둬. 분명 이쯤에……."

리오의 말에 세리아가 바로 바닥을 뒤지기 시작했다. 잠시 후—.

"찾았다, 으쌰!"

세리아가 비밀 통로 출입구를 발견했다. 양손으로 바닥에 설치된 돌 타일을 조작해 꾹 누르자 미닫이문처럼 타일을 옆으로 밀 수 있게 됐다.

그러나 힘이 약한 세리아는 돌 타일을 쉽게 움직이지 못했다.

"도울게요. 이쪽으로 당기면 되죠?"

그러자 리오가 얼른 돕겠다고 나섰다.

"응, 고마워……."

세리아가 고개를 끄덕이자마자 리오가 가볍게 돌 타일을 움직였다. 그러자 저택 지하로 이어지는 비밀 계단이 나타났다. 리오 일행은 얼른 계단을 내려갔다.

"닫을게요."

"응, 부탁해. 나는 그동안……."

리오가 출입구를 닫는 동안, 세리아는 지하 통로에 비치된 랜턴 마도구로 불을 밝혔다.

"갈까요?"

"응."

리오 일행은 안쪽으로 걸어갔다. 저택을 향해 좁고 긴 통로를 지나자 넓은 공간에 다다랐다. 아마 저택 바로 아래이거나 그 근처이리라.

"불 켤게."

세리아가 실내 랜턴 마도구를 켰다. 그러자 천장등이 켜지며 실내를 밝혔다. 분수 비밀 계단 통로 쪽에서 봤을 때, 정면 안쪽에는 위로 이어지는 계단, 좌우에는 문이 여러 개 있었다.

"넓네요."

리오가 흥미로워하며 실내를 둘러봤다.

"가족만 오는 곳이니까 안심해. 좌우에 있는 문은 주방과 침실이야. 긴급 시 거주 공간으로도 쓸 수 있어. 정면 계단은 저택으로 이어져서 아버님과 어머님의 침실로 나갈 수 있어.”

세리아가 지하실 구조를 리오에게 설명했다.

“그렇군요. 그럼 편지는 부모님 침실에 둘까요? 부모님이 계시면 만나보는 것도 방법인데…….”

리오가 세리아의 안색을 살피며 물었다.

“……아니. 지금은 두 분 다 왕도에 계실 거야. 어머님이 정기적으로 이곳을 청소하시니까 여기 두고 가자. 침실은 사용인이 출입하니까.”

세리아는 고개를 젓고 외투 주머니에서 편지를 꺼냈다.

“……알겠습니다.”

리오는 뭣하면 부모님이 돌아올 때까지 기다려도 상관없다고 말하려다가 말을 삼키고 대답했다. 지금은 아직 마음이 정리되지 않았을 수도 있다는 생각이 들었다.

“고마워, 리오.”

세리아는 부드럽게 미소 짓고 리오에게 감사를 표했다.

“아뇨, 또 만나러 와요.”

꼭, 반드시.

리오는 그렇게 맹세하며 세리아에게 미소를 지었다.

Ⅸ　막간　Ⅸ ✳ 출항, 그 뒤에서……

한편, 벨트람 왕국의 왕도 벨트란트.

리오 일행이 크렐 백작령을 들른 다음 날 아침의 일이다.

벨트람 왕국 성이 있는 언덕을 내려가면 왕도의 수자원을 담당하는 거대한 호수가 펼쳐져 있고 마도선이 정박하는 항구가 있었다.

현재 정박해 있는 리카 상회 소유의 마도선에는 가르아크 왕국의 대귀족인 크레티아 공작, 그의 외동딸인 리제롯테가 승선해 있었다.

리제롯테는 마도선 개인실에서 시녀 아리아가 타준 차를 받으며 이제나저제나 출항을 기다리고 있었다. 차를 마시는 우아한 동작과는 달리—.

"정말이지, 겨우 돌아가는군."

리제롯테는 진절머리가 나서 한숨을 내쉬었다. 세리아와 샤를의 결혼식에 초대받은 그녀는 납치소동의 여파로 보호라는 명목으로 어젯밤까지 벨트람 왕국 성의 영빈관에 갇혀 있었다.

"식이 중단되고 나흘. 평소 바쁜 것을 생각하면 여가가 결코 길지만은 않았다고 생각합니다만……."

리제롯테의 심복, 측근 시녀장인 아리아가 차분하게 말했다.

"돌아가면 할 일이 산더미라고. 쌓여있을 서류를 생각하면……."

리제롯테가 얼굴에 그늘을 드리우고 투덜거렸다. 아망드 대관 업무와 리카 상회 회장 업무. 귀국하기까지 일주일 가까이 걸렸다. 대체 일이 얼마나 쌓였을지 상상만 해도 막막했다.

"그건 그거니 도착할 때까지 생각하지 마시지요."

아리아가 천연덕스럽게 말했다.

"……으음, 그래. 이 상황에 할 수 있는 일도 없고."

리제롯테는 작은 한숨을 내쉬고 귀엽게 입을 내밀며 테이블에 축 늘어졌다. 방에 아리아만 있어서 그런지 표정이 귀족이나 상인으로서 있을 때 보이는 것과는 달리 열다섯 살 소녀처럼 귀여웠다.

아리아는 리제롯테의 본얼굴에 훗 하고 웃었다.

"리제롯테 님, 클로에입니다!"

그때, 방문을 두드리는 소리와 함께 자기 이름을 밝히는 어린 소녀의 목소리가 들렸다.

"응, 들어와."

리제롯테가 자세를 가다듬고 문 너머에 있는 소녀에게 입실 허가를 내렸다. 달칵 문이 열렸다.

"시, 실례합니다. 출항 준비가 완료되어 보고 드립니다."

시녀복을 입은 10대 초반의 귀여운 소녀— 클로에가 긴장으로 어색하게 움직이며 용무를 밝혔다.

"그래. 언제든 출항해도 괜찮다고 전해줘. 신속하고 안전하게."

리제롯테가 부드럽게 미소 짓고 고개를 끄덕이며 출항 허가를 내렸다.

"아, 알겠습니다! 그럼!"

클로에가 깊이 허리를 숙이고 퇴실했다.

"저 아이, 아직도 긴장하나 봐."

리제롯테가 키득 웃었다.

"정말, 연수 기간도 끝났는데 시녀라는 자각이 없는 모양입니다."

아리아가 개탄스러워하며 작게 한숨을 내쉬었다.

"후후, 신입인걸. 그리고 당신 때문에 위축된 거 아니야?"

리제롯테가 즐거워하며 아리아를 떠봤다.

"그것도 포함해서 자각이 없다고 말씀드린 겁니다."

아리아가 의연하게 말했다.

"어머나, 엄하기도 해라."

리제롯테가 재미있다는 듯이 까르르 웃었다.

그리고 몇 분 뒤.

리제롯테를 태운 마도선이 왕도 벨트란트 항을 떠났다.

선체 측면에 날개를 단 범선 형태의 마도선이 부드럽게 가속해 호수 수면을 가로지르다 조금씩 떠올랐다. 그와 함께 속도를 올려 하늘 높이 날아올랐다. 통상 운행 속도는 약 50노트(대략 시속 90킬로미터 정도)였다.

오늘 날씨는 쾌청. 리제롯테가 탄 마도선은 눈부시게 내리쬐는 햇빛을 받으며 왕도 벨트란트 거리를 등지고 동쪽 가르아크 왕국을 향해 나아갔다.

'그럼 저도 가볼까요.'

그 마도선을, 프로키시아 제국 대사인 레이스가 항구에서 떨어진 호수 수면에 서서 공허한 눈빛으로 올려다봤다.

【 제 5 장 】❋ 잠입, 로다니아

리제롯테가 마도선으로 왕도 벨트란트를 떠나고 몇 시간 뒤.

리오 일행은 크렐 백작령 영도 크레이아를 떠나 벨트람 왕국 북동쪽에 있는 로던 후작령 영도 로다니아에 도착했다. 정령술로 하늘을 날아 도시에서 조금 거리를 두고 거리를 내려다봤다.

"크기는 크레이아보다 작지만, 아주 견고한 도시네요."

리오가 감상을 말했다.

"로던 후작령은 북쪽으로 프로키시아 제국, 동쪽으로 가르아크 왕국과 국경을 마주하고 있으니까. 전략적으로 중요한 지역이야. 그래서 영도도 성채도시로 지었어. 유그노 공작파가 거점으로 삼기에 안성맞춤이지 않아?"

세리아가 바로 설명했다. 연구실에 틀어박히는 경향이 있는 마술 연구자이지만, 괜히 귀족이 아닌지 각지의 지리에 나름 빠삭했다.

"예상은 했지만, 긴장해야겠어요. 일단 도시 밖에 내릴까요? 바위 집을 꺼낼 테니 아이시아와 선생님은 거기서 기다려주세요. 어두워지기 전에 일단 돌아올게요."

"응." "알았어."

리오의 제안에 아이시아와 세리아가 나란히 고개를 끄

덕였다. 그리고 일단 도시 밖에 내려 바위 집을 설치했다.

◇ ◇ ◇

그 뒤에 리오는 해가 떠 있는 동안, 홀로 로다니아에 잠입했다. 경비가 허술한 부분을 뛰어넘어 성벽 안쪽에 펼쳐진 도시 인파에 태연한 얼굴로 섞여들었다.

현재 로다니아는 벨트람 왕정부를 배반한 상태이지만, 도시 안은 의외로 활기찼다. 제2왕녀 플로라를 옹립한 것과 용사 출현이 민중의 사기에 영향을 줬을 수도 있지만, 실제로 통치하는 사람이 악랄한 정치를 펼쳤으면 이러지 않으리라.

'유그노 공작과 로던 후작의 수완인가? 그다지 인상이 좋지는 않지만……'

벨트람 왕립학원 시절에 누명을 뒤집어쓴 과거 때문에 이 땅을 다스리는 두 귀족에 대한 리오의 인상은 교활하고 무도하다는 것이었지만, 표면적인 치세 자체는 멀쩡한 모양이었다. 오히려 그런 교활한 귀족이기에 보이는 데에서 허점을 드러내지 않는 것일지도 몰랐다.

리오는 도시 정세 관찰을 웬만큼 한 뒤, 정보 수집을 위해 행동을 개시했다. 우선 정말로 용사가 이 땅에 소환되었는지, 그렇다면 그 존재가 공표되었는지를 알아야 했다. 그래서 평소처럼 적당한 노점에서 물건을 사고 잡담을 겸해 물어보기로 했다. 제일 먼저 꼬치구이 가게에서 주문했다.

"소문에 용사님이 이곳에 나타났다고 들었는데 사실인가요?"

리오는 잡담하듯이 가게 주인에게 용사 이야기를 꺼냈다.

"응, 용사님이 여기 로다니아에 소환됐대."

가게 주인이 붙임성 좋은 영업 미소를 지으며 말했다.

"……역시 사실이었군요. 유명한 이야기예요?"

"물론. 여기 로다니아에서는 유명한 이야기야. 귀족님들이 사는 구역 안쪽에서 엄청나게 큰 빛기둥이 솟구쳤거든. 그때 용사님이 오셨다고 해."

"어떤 분이에요? 이름은……."

리오는 과감하게 용사의 이름을 물어보기로 했다.

"아— 미안해. 그것까지는 몰라."

꼬치구이 가게 주인이 미안해하며 고개를 저었다.

"아뇨, 그냥 관심이 있다고 할까, 호기심에 한 질문이니 신경 쓰지 마세요."

"하하하, 용사님은 육현신님의 사도니까, 이해해. 형씨, 아주 경건한 신앙심을 가졌나 보네. 젊은데 깍듯해."

"아뇨……."

리오는 쓴웃음 지으며 말을 흐렸다. 육현신의 경건한 신자로 착각한 모양인데, 유리하게 작용하니 그대로 두기로 했다.

리오는 완성된 꼬치구이를 먹고 정보 수집을 계속했다.

그러나 결국 용사의 이름은 알아내지 못해서 밤에 할 잠입에 희망을 걸게 됐다.

◇ ◇ ◇

그리고 밤. 리오는 일단 바위 집으로 돌아간 뒤, 아이시아와 함께 로다니아로 향했다. 세리아는 혼자서 집을 보기로 했다.

로다니아의 거리는 어둠에 잠겼고, 드문드문 화톳불이 밝혀져 있었다. 리오는 상공에서 로다니아를 내려다봤다.

"우선 영관 가까이 가보자. 지금부터 대화는 염화로 하고."

바로 잠입하기 위해 천천히 고도를 낮췄다.

목표는 로다니아 귀족 거리 중에서도 가장 안쪽에 있는 절벽 위의 영관이었다. 그야말로 성채 분위기가 감도는 견고한 요새 같았다. 절벽 뒤에는 로다니아의 수자원인 호수가 펼쳐져 있었다.

「……일단 영관 지붕 위에 내리자.」

「알았어.」

리오는 엄중한 경비 상황을 확인하고 아이시아에게 지시를 내린 뒤 영관 지붕에 접근했다. 검은 외투를 두른 두 사람은 어둠을 틈타 지붕에 착지했다.

「다녀올게.」

먼저 아이시아가 홀로 영관에 잠입해 용사가 있는 곳과

주변 경비 상황을 알아보기로 했다.

「……감지계열 마도구와 결계를 특히 조심해.」

아이시아가 영체화하기 직전, 리오가 아이시아를 걱정했다. 아무리 영체화할 수 있는 아이시아여도 침입하기 어려운 장소가 있기 때문이었다. 마술적 감지대책을 엄중하게 갖춘 곳에서는 영체를 구성하는 오드가 탐지될 우려가 있었다.

「알았어.」

아이시아는 꾸벅 고개를 끄덕인 뒤 희미한 빛 입자를 남기고 영체화했다. 아이시아가 입은 검은 외투만이 남아 지붕 위에 떨어졌다.

「문제가 생길 것 같으면 바로 연락해.」

리오는 그렇게 말하고 아이시아의 외투를 주웠다.

「응.」

아이시아가 고개를 끄덕였다.

그로부터 기다리기를 십여 분.

리오가 기척을 죽이고 가만히 지붕 위에서 대기하던 중이었다.

「하루토, 용사의 위치를 모르겠어.」

아이시아가 염화를 보냈다.

「……모르겠다고? 그럴싸한 사람이 없다는 뜻이야?」

리오가 이상하게 여기며 물었다.

「응, 내가 이동할 수 있는 범위에서는.」

아이시아에게서 긍정하는 대답이 돌아왔다.

「즉, 감지용 마도구와 결계로 들어갈 수 없는 방이나 구역이 있다는 거야?」

「응.」

「그럼 거기 있다고 해도 발견되지 않고 들어가는 건 무리인가. 아니, 로다니아에서 다른 곳으로 이동했을 가능성도 있지만…….」

리오는 상황을 정리했다.

「알았어. 일단 이쪽으로 돌아올래? 이번에는 나도 같이 갈 테니까 안내해줄 수 있어? 오늘은 용사의 이름만이라도 확인하고 돌아가자.」

리오가 할 일을 정하고 지시를 내리자, 1분도 지나지 않아 아이시아가 리오의 곁으로 돌아왔다. 이번에는 둘이서 잠입했다.

「갈까?」

「이 지붕에서는 감시대로 들어가는 게 나아. 이쪽.」

리오는 실체화한 아이시아가 손을 잡고 이끄는 대로 이동했다. 도중에 바람의 정령술로 모습을 감추고 감시대인 첨탑으로 다가갔다.

「안에 있는 병사에게 들키지 않도록 신중하게 들어가자.」

리오가 염화로 말하고 귀를 세워 감시대 상황을 살폈다.

"한가하네. 어차피 이상한 일이 일어날 리 없지만." "그렇지~." "뭐 재미있는 이야기 좀 해봐." "없어. 너야말로 뭐 없어?" "있으면 벌써 했지."

경비병들이 한가함을 주체하지 못하고 의미 없는 대화를 나누고 있었다. 안에는 둘이 있는 모양이었다.

「방심하고 있어. 갈 수 있겠는데.」

리오가 그렇게 생각하고 아이시아에게 지시를 내리려고 하자─.

"용사님은 좋겠구먼. 맨날 예쁜 여자랑 같이 있고."

경비병이 용사 이야기를 꺼냈다. 리오는 우뚝 멈춰서서 좀 더 이야기를 들어보기로 했다.

"예쁜 여자라니, 멍청아. 입 조심해. 늘 같이 있는 사람은 제2왕녀님과 공작가 아가씨라고. 본인이 듣기라도 하면…….."

"아무도 안 들어. 그보다 당사자인 용사님은 그 두 사람을 데리고 어디로 떠났잖아? 팔자도 좋지, 생긴 건 우리보다 어린 풋내기인데……."

"……뭐, 부러운 마음은 알지만, 사는 세계가 다르잖아."

한 병사가 툴툴거리자 다른 병사가 한숨 섞어 동료를 달랬다.

'용사는 로다니아 밖으로 나갔구나. 그럼 무리해서 영관 안으로 들어갈 것 없이 이름이라도 알아내면……."

리오는 대화를 듣고 상황을 정리했다. 동시에 경비병들이 용사의 이름을 꺼내지 않을까 기대하며 잠시 상황을 지켜봤다.

"어디 좋은 사람 없나……."

"메이드라도 노려볼래?"

대화는 원치 않는 방향으로 흘러갔다.

「아이시아. 조금 위험하지만, 경비병들에게 환술을 걸게. 암시를 담은 바람의 정령술을 쓰자.」

기다리다 지쳤는지 리오가 아이시아를 불렀다.

「알았어. 내가 할 일 있어?」

「괜찮아. 거기서 보고 있어.」

리오는 미소 지으며 고개를 젓고 정령술을 썼다. 작게 심호흡하고 집중해서 손가에 마력을 띤 미풍을 만들어 경비대 안으로 날렸다.

그로부터 약 1분 뒤―.

"……야, 나 화장실 엄청 급해."

경비대 안에서 병사의 초조한 목소리가 들렸다.

"아, 너도? 실은 나도……."

다른 병사도 안절부절못하며 말했다.

「먹힌 모양이야.」

암시 효과가 나타난 모양이라며 리오가 씩 웃었다. 대상과 접촉하지 않은 만큼 강력한 암시는 걸 수 없었고 효과가 나오기까지 시간이 걸렸지만, 노린 대로였다.

"나 잠깐 갔다 와도 돼?" "치사하네! 나도 가고 싶다고!" "내, 내가 먼저 말했잖아? 바로 올 테니까 부탁해!" "큭…… 빠, 빨라 갔다 와!" "고맙다!"

그런 대화를 나누고 한 병사가 잰걸음으로 달려갔다.

「가자. 이번에는 남은 사람에게 백일몽 환술을 걸고 용사의 이름을 묻자.」

「그럼 내게 맡겨.」

리오가 즉각 지시를 내리자 아이시아가 솔선해서 움직였다. 아이시아의 솜씨는 실로 훌륭했다. 아이시아는 가볍게 경비대에 잠입해 뒤에서 병사의 머리를 잡고 환술을 걸었다. 몇 초 뒤, 상대의 의식을 지배한 것을 확인하고 이번에는 리오가 경비대로 들어왔다.

"아, 아아, 왔냐! 되게 빠르네?"

환술이 걸린 병사가 멍한 눈빛으로 리오를 보고 기쁘게 웃었다. 리오를 아까 화장실에 간 동료로 착각한 모양이었다.

"아니, 아직 안 갔는데. 용사님의 이름을 듣고 싶어."

리오는 남자의 기대를 배신하고 자신의 용건을 꺼냈다.

"뭐, 뭐?! 너 이런 때에······!"

병사가 초조한 얼굴로 리오를 봤다.

"부탁해, 중요한 일이야. 가르쳐주면 당장 갈게."

"히, 히로아키 사카타 님이잖아?!"

"히로아키 사카타······. 사츠키 스메라기나 타카히사 센도라는 이름은 들어본 적 없어?"

"없어!"

리오가 매우 진지한 얼굴로 묻자 병사가 필사적으로 외쳤다.

"······그래, 없다면 됐어. 바로 돌아올게."

리오는 그 말을 남기고 용건은 끝났다며 발을 돌렸다.

「아이시아, 가자.」

그리고 아이시아에게 염화로 말을 걸었다.

「알았어.」

아이시아는 남자의 머리에서 손을 뗐다. 리오는 그것을 확인하고 빠르게 경비대 밖으로 뛰쳐나갔다. 아이시아도 얼른 뒤를 쫓았다.

병사는 초점이 나간 눈으로 멍하니 앞을 보다가—.

"······어? 어라?"

잠시 후, 퍼뜩 정신을 차렸다. 한편, 리오와 아이시아는 이미 지붕에서 상공으로 날아올랐다.

"후우······. 야, 나 왔어."

그리고 곧 경비대에 볼일을 보고 온 병사가 돌아왔다.

"······너, 여기로 한 번 돌아왔었어?"

백일몽 환술에 걸렸던 병사가 이상한지 고개를 갸웃거리며 물었다.

"뭐? 무슨 소리야. 그보다 넌 안 가도 돼?"

돌아온 병사가 의아한 얼굴로 남자에게 묻자—.

"······아, 아아! 그렇지, 다녀올게!"

환술에 걸렸던 병사가 허둥지둥 화장실로 달려갔다.

◖ 막간 ◗ ✳ 미이

시간과 장소를 바꿔 정령의 주민이 사는 마을.

정오가 조금 지났을 무렵, 검 수련에 매진하는 마사토와 아르슬란 일행 곁에서 미하루와 아키는 오피아에게 정령술 레슨을 받고 있었다. 미하루 일행이 마을에 이주한지 얼마 안 됐을 무렵, 마사토가 리오에게 검술을 배우기 시작한 뒤부터 배우기 시작했으니 벌써 두 달 정도 됐다.

정령술은 인간족이라면 누구나 습득할 수 있는 것이지만, 하루아침에 익힐 수 있는 것은 아니었다. 종족마다 적성이 있고 습득 기간도 차이가 있었다. 극히 간단한 정령술을 쓸 수 있게 되기까지 일반적으로 야구모 지방의 인간족은 1년 반에서 2년 정도, 정령의 주민의 아이라면 고작 반년이 필요했다. 극히 드물게 예외가 있는데…….

그 점에서 이세계 출신인 미하루 일행은 요 두 달하고 얼마 만에—

"……앗, 됐다!"

특히 미하루가 눈부신 성장을 보였다. 허공에 손을 뻗고 가만히 응시하던 미하루의 손끝에 지름 1센티미터 정도의 물방울이 나타나자 기뻐하며 웃었다.

"응, 해냈구나! 발동 시간도 나날이 단축되고 있어!"

그러자 강사 역할로 곁에 있던 오피아가 자기 일처럼 기뼈하며 미하루를 칭찬했다.

"대단해, 미하루 언니. 나는 이제야 겨우 오드가 보이는데……."

근처에서 허공에 손을 뻗고 있던 아키가 부러워하며 중얼거렸다. 미하루와 달리 아키는 아직 정령술을 발동할 수 있는 단계에도 이르지 못했다.

하지만 정령술 발동 이전 단계— 마력 감지, 마력 확인, 마나 감지라는 전제 스킬 세 개를 익히고(그중, 마법 사용에 필요한 스킬은 마력 감지뿐이다) 마력을 조종해 마나에 자신의 의사와 이미지를 전하는 단계에 다다르는 것만 해도 보통 인간족이라면 1년 넘게 수행해야 했다.

고작 두 달 만에 정령술 발동에 성공한 미하루가 특별한 것이었다. 아키도 인간족으로는 이례적인 속도로 정령술을 습득했다. 이대로 가면 몇 개월 정도 지나면 지금의 미하루를 따라갈 수 있으리라.

"미하루가 대단한 건 맞지만, 아키도 일반적인 정령의 주민과 비교해도 손색이 없을 정도로 순조롭게 배우고 있어. 이유는 모르겠지만, 셋 다 마력량도 막대하고."

오피아가 아키의 중얼거림을 들었는지 밝게 웃으며 아키를 격려했다.

"……마력량은 그렇다 쳐도 저랑 마사토는 성장 속도가 거의 비슷하다고요."

아키가 입을 내밀었다.

"으음, 그건 마사토 군도 마찬가지로 대단하기 때문인데. 비교 대상이 될 다른 인간족이 없어서 실감하기 어려운가?"

오피아가 아하하 쓴웃음을 지었다.

"그러고 보니 하루토 씨는 얼마 만에 정령술을 배웠어요?"

아키가 갑자기 생각났는지 물었다.

"아, 음, 리오 씨는 아이시아 님과 계약해서 특별하다고 할까……."

오피아가 대답하기 어려운지 말을 얼버무렸다.

"빨랐어요?"

아키가 머뭇거리며 물었다. 미하루도 흥미로운지 귀를 기울였다.

"분명 어릴 때, 갑자기 쓰게 됐다고……."

오피아가 단념하고 대답했다.

"대단해……."

아키가 무심코 눈을 크게 떴다.

"응……."

미하루도 놀라서 당황했다.

"하지만 리오 씨는 예외 중의 예외니까 둘 다 비교하면 안 돼. 아키는 아키, 미하루는 미하루. 초조해하지 않아도 돼."

오피아는 두 사람, 이라기보다는 아키가 자신감을 잃지 않도록 설득했다.

"……네. 하지만 마사토보다 먼저 성공할 거예요!"

아키가 자신을 북돋듯이 힘차게 고개를 끄덕였다.

"으음, 뭐, 남매니까. 라이벌이 있는 게 낫나?"

오피아가 고개를 갸웃거리며 곁에 있는 미하루를 봤다.

"응. 둘은 사이좋은 남매니까."

미하루는 흐뭇해하며 고개를 끄덕였다.

"아, 안 그래!"

아키가 부끄러운지 황급히 고개를 저었다.

"뭐야, 뭐야, 뭔데?"

"아키 얼굴이 빨개요."

근처에서 전투훈련을 하다가 쉬고 있던 라티파와 벨라가 다가와 얼굴이 붉어진 아키를 보고 물었다.

"아키와 마사토 군이 사이좋은 남매라는 이야기 중이었어."

미하루가 키득 웃고 대답했다.

"아, 진짜, 미하루 언니!"

아키가 얼굴을 더욱 붉히며 미하루에게 따졌다.

"그렇군요, 그렇군요."

사정을 이해한 벨라가 빙그레 웃으며 아키의 얼굴을 봤다.

"아, 아니라니까. 오빠라면 몰라도 마사토랑은 아니야!"

아키가 부끄러운지 고개를 돌리고 뺨을 부풀렸다. 만약 마사토가 이 자리에 있었으면 더 부끄러워했을지도 모르겠다.

"후후후, 이해해요, 아키. 그렇죠? 라티파."

벨라가 고개를 끄덕이고 라티파를 봤다.

"응, 맞아."

라티파가 방긋 웃고 수긍했다.

"둘 다 전혀 모르는 것 같은데……."

아키가 의심스러운 눈으로 벨라와 라티파를 봤다.

"아하하, 괜찮아. 나도 오빠를 엄청 좋아하고 사이좋은
걸. 똑같아."

라티파가 천연덕스럽게 웃으며 말했다.

"저도 사라 언니를 엄청 좋아하고 친하니까 같아요!"

벨라가 엣헴 가슴을 펼치고 동의했다.

"……우으, 됐어. 오빠랑은 사이좋은 거 맞으니까."

아키가 부끄러움을 숨기려고 새침한 말투로 중얼거렸다.

"후후."

미하루와 오피아는 서로 얼굴을 마주 보고 키득 웃었다.
그러자 근처에서 훈련하던 아르마와 사라가 다가왔다.

"미하루 언니, 오피아 언니. 슬슬 요리교실 준비를 해야
하지 않을까요?"

아르마가 말했다.

"아, 그러게. 갈까? 미하루."

"응."

오피아가 제안하자 미하루가 밝게 대답했다.

그렇다. 조금이라도 마을에 도움이 되길 바란 미하루는
자신의 특기를 살리기로 했다. 그 일환으로 리오가 가끔
마을에서 했던 요리교실을 이어받았고, 그 밖에도 또래 소

녀를 겨냥한 수예교실을 개최했다. 오피아는 도우미 역할
이었다.

"도움이 필요할 테니 우리도 돕겠습니다. 같이 가죠."

사라가 돕겠다고 제안했다.

"'그럼 우리도 같이 갈래(요)!'"

라티파와 벨라도 얼굴을 마주 보고 얼른 같이 가겠다고
했다.

미하루 일행은 마을회관에 있는 큰 요리실로 이동해 모
두 함께 요리교실 준비를 마쳤다.

서서히 마을 여자들이 모이고 요리교실이 무사히 열렸
다. 참가자가 각 그룹으로 나뉘어 오늘 주제인 사과 타르
트 케이크를 만들었다.

미하루는 강사 역할에 긴장하면서도 오피아의 도움을
받아 마을 여자들에게 만드는 방법을 가르쳐줬다. 그렇게
눈 깜빡할 사이에 요리 시간이 끝났다.

"이제 시식이에요!"

대식당으로 이동해 시식 시간을 가졌다. 벨라는 늑대 귀
와 꼬리를 흔들며 케이크를 자르는 모습을 바라봤다.

"미하루 언니, 빨리, 빨리!"

라티파가 케이크를 자르는 미하루를 재촉했다.

"좋은 냄새……."

아키는 재촉하지 않았지만, 잡아먹을 듯이 사과 케이크를 바라봤다.

"조금만 기다려."

미하루가 즐거운지 후훗 웃으며 정성스러운 손길로 균등하게 케이크를 잘랐다. 제일 먼저 라티파, 벨라, 아키, 어린이 조에게 케이크를 담은 접시를 나눠주고 이어서 사라와 오피아, 아르마와 자신인 연장자 조에게 케이크를 나눠줬다. 오피아가 한쪽에서 차를 준비했고 드디어 시식하게 됐다.

"잘 먹겠습니다~."

다 같이 케이크를 입으로 가져가자—.

"우후후후~."

라티파, 벨라, 아키가 나란히 만족스럽게 웃었다.

"음, 맛있게 잘 됐습니다."

사라도 케이크를 먹고 만족스럽게 고개를 끄덕였다.

"다 같이 힘을 모아 만드니 더 맛있어요."

아르마도 웃었다.

"평소와 환경이 다르니 요리하는 것도 먹는 것도 즐겁네. 참가한 사람들도 즐거워하는 것 같고, 미하루 덕분이야."

오피아가 고개를 끄덕이고 미하루에게 미소를 보냈다. 식당의 다른 테이블에 앉은 마을 여자들이 케이크를 먹으며 기쁘게 담소를 나누고 있었다.

"어, 나?"

미하루가 허를 찔렸는지 눈을 휘둥그렇게 떴다.

"응, 미하루가 리오 씨 대신 강사 역할을 맡아줘서 요리 교실을 열 수 있었는걸."

오피아가 바로 대답했다.

"아하하, 하루토 씨 대신 잘하고 있는지는 모르겠지만, 마을 사람들에게 조금이라도 도움이 됐다면 기뻐."

미하루가 조금 자신 없게, 낯간지러운지 수줍어했다.

"조금이라니요. 모두 미하루의 요리교실을 기대합니다."

"네, 자신감을 가지세요."

사라와 아르마가 미하루를 독려했다.

"맞아요, 맞아요! 미하루 언니의 요리도, 리오 오라버니의 요리에 지지 않을 만큼 맛있어요! 맛이 미묘하게 다를 때도 있는데, 야구모 지방, 리오 오라버니 고향 땅의 향토 요리인 거죠?"

벨라가 고개를 끄덕이고 미하루에게 물었다.

"……응. 슈트랄 지방 요리도 있지만."

미하루가 어색하게 고개를 끄덕였다. 미하루 일행을 마을로 부를 때 회의에 동석했던 라티파와 사라 일행은 그렇다 치고, 벨라는 미하루 일행이 이세계인이라는 사실을 몰랐다. 지금도 아직 리오의 동향 사람이라고 믿고 있었다.

"그렇군요. 그중에 마을에도 비슷한 요리가 있는데, 세상에는 우리가 모르는 요리도 많이 있군요. 리오 오라버니

와 미하루 언니가 마을에 와줘서 정말 다행이에요.”

벨라가 감탄한 것처럼 목을 울리고 기뻐하며 활짝 웃었다.

“후후, 고마워. 나도 이 마을에 와서, 모두와 만나서 정말 다행이야. 하루토 씨 덕분이네.”

미하루도 기쁘게 웃으며 말했다.

“네! 리오 오라버니 덕분에 라티파와도 친구가 됐고, 리오 오라버니는 정말 우리의 소중한 은인이에요!”

벨라가 라티파를 보며 힘차게 고개를 끄덕였다.

“에헤헤.”

라티파가 기쁘게 웃으며 벨라를 마주 봤다.

“……확실히 리오 씨가 없었으면 라티파와도, 미하루와 아키와도, 이렇게 만나지 못했겠군요. 그렇게 생각하니 조금 신기합니다.”

사라가 진지하게 중얼거렸다.

“지금 돌이켜보면 오빠와 내가 마을에 처음 왔을 때는 어떻게 될까 싶었지만.”

라티파가 후훗 웃으며 즐겁게 말했다.

“윽…….”

대조적으로 사라, 오피아, 아르마는 조금 겸연쩍은 표정을 지었다. 아키는 그런 마을 소녀들의 대화를 묵묵히 바라봤다.

‘그러고 보니 마사토가 처음으로 하루토 씨에게 전사의 세례를 받은 뒤, 아르마 씨가 온천에서 말했지. 라티파와

함께 숲을 헤매던 하루토 씨가 세례 때 같은 상태로 응전했으면 어땠을까 생각하면 오싹하다고.'

문득 예전 일이 떠올랐다. 그때는 평소와 다른 차가운 리오의 일면을 엿보고 그쪽으로만 의식이 쏠렸는데, 과거에 무슨 일이 있었는지 조금 신경 쓰였다.

"……그러고 보니 라티파는 하루토 씨 손에 이끌려 이 마을에 살게 된 거지? 그때 무슨 일 있었어?"

아키가 쭈뼛거리며 물었다.

"으음, 무슨 일이라고 할까, 오빠가 납치범으로 오해받고 감옥에 들어갔었다고 할까……."

라티파가 무엇부터 말해야 하나 고민하다가 우선 결과부터 말했다.

"뭐? 그랬어?!"

아키가 놀라서 눈을 크게 떴다. 미하루도 무심코 놀라며 관심을 보였다.

"응. 음, 마을 사람들이 인간족과 거리를 두고 사는 이유는 장로님들이 가르쳐주셔서 알지? 그래서 마을 주변에 사람을 쫓는 결계가 여러 개 펼쳐져 있는 것도."

라티파가 우선 대전제인 배경 사정을 말했다.

"앗, 설마 결계 안에 무단으로 들어와서 싸웠어?"

아키가 이해하고 묻자—.

"응. 벌써 4년 전인가? 우리가 모르는 사이에 결계에 들어가서 숲에서 야영하던 걸 공격했대. 나는 자다가 깨보니까 마을로 옮겨져 있었고…….”

라티파가 당시를 떠올리며 대답했다.

마을 주변에 펼쳐진 무수한 결계는 성능이 아주 뛰어나다. 아직 정령술을 완벽하게 익히지 못한 당시의 리오는 결계의 효력을 무시하고 안으로 들어갈 수는 있어도 발동 여부를 알아차리지는 못했다.

“설마 공격한 사람 중에 사라 씨 일행이 있었어요?”

아키가 어안이 벙벙해 머뭇거리며 사라 일행을 봤다.

“……네. 자는 라티파를 보고 마을 아이가 유괴당했다고 착각하고 리오 씨를 일방적으로……. 변명의 여지가 없습니다.”

사라가 미안해하며 고개를 끄덕였다.

오피아와 아르마도 당시를 떠올리고 고개를 숙였다.

“하, 하지만 오해가 풀렸으니까 지금 이렇게 가족처럼 사이좋게 지내는 거잖아요? 어떤 경위가 있었는지 여러분에 대해 알고 싶어요.”

아키가 무거워진 분위기를 느끼고 황급히 말했다.

“……그렇군요. 오해했다는 것은 금방 깨달았습니다. 리오 씨의 여행 장비와 별개로 라티파의 여행 장비도 있어서…….”

사라가 쭈뼛쭈뼛 설명하기 시작했다.

“라티파가 마을 아이가 아닐 수도 있다는 생각에 한밤중이었지만 아슬라 님께 서둘러 보고했어. 그리고 당장 감옥에서 꺼내주라고 혼나고, 나와 아르마 둘이서 감옥으로 갔지……."

오피아가 이야기를 이었다.

"……네. 그런데 추운 감옥 안에서 속옷 차림으로 정신을 잃고 잠든 리오 씨가 몸도 굉장히 차가운데다 말을 걸어도 꼼짝도 하지 않아서 설마 죽은 게 아닐까 싶어 정말 파랗게 질렸었죠."

이번에는 아르마가 무겁게 말하며 당시를 떠올렸다.

"아하하, 아르마, 그때 엄청 당황했지. 아무튼 숨 쉬는지 확인해야겠다 싶어서 용태를 확인했어."

오피아가 괴로운 기억을 떠올리고 쓴웃음 지었다.

"그, 그렇게 당황하지는 않았는데요……. 걱정했어요."

아르마가 부끄러운지 변명했다.

"후후, 바로 숨소리를 확인하고 안심했어. 그래서 리오 씨를 깨우려고 몸을 흔들었는데 좀체 일어나지 않아서……."

오피아가 그때를 떠올리며 말했다.

"……그러고 보니 그때 리오 씨가 잠꼬대했었죠. 깼을 때도 그, 무슨 꿈을 꾸다 깬 것처럼 멍했고……."

아르마가 당시를 떠올랐는지 그런 말을 했다.

"아, 응. ……그랬지. 우리 얼굴을 보고 낙담했다고 할까, 우리를 보지 않았다고 할까, 굉장히 슬픈 표정이었어……."

오피아가 그때 리오의 표정을 떠올렸는지 복잡한 표정을 지었다. 대체 그때의 리오에게 어떤 인상을 품은 걸까―.

"……그런 일이 있었어?"

라티파가 신경이 쓰여 눈을 크게 뜨고 물었다. 묵묵히 이야기를 듣던 미하루와 아키와 사라도 흥미롭게 오피아와 아르마를 바라봤다.

"응. 내가 착각한 게 아닐까 싶은데, 조금 울기도 했어. 혹시 꿈속에서 누구랑 만났나? 그런 거라면 억지로 깨운 우리가 나쁜 짓을 한 건 아닐까 싶었는데……."

오피아가 부끄러운 표정으로 당시의 복잡한 심경을 말했다.

"……그때 오빠가 뭐라고 했어?"

라티파가 묻지 않을 수 없어서 물었다.

"음, 무슨 말인지는 모르겠는데…… 분명 『드디어 만났다』랑 『미이』라고 말한 것 같아."

오피아가 기억에 의지해 대답했다. 무슨 말인지 이해하지 못하는 게 당연했다. 오피아가 들은 리오의 잠꼬대는 일본어였으니까.

"어……?"

그러나 일본어가 모국어인 미하루가 놀라서 오피아의 말에 반응을 보였다. 아니, 미하루만이 아니었다. 아키도, 그리고 전생의 기억이 있다는 것을 숨겼지만, 라티파도 움찔 반응하고 관심을 보였다.

"왜 그럽니까? 미하루."

사라가 미하루의 안색이 바뀐 것을 보고 이상하게 여기

며 말을 걸었다.

"아…… 아니. 아무것도 아니야."

미하루가 억지로 웃으며 고개를 저었다.

'……설마. 하루토 씨는 대학생이었다고 했고.'

그리고 자신에게 말했다. 그러나 가슴 속을 조르는 듯한 뭐라 말하기 어려운 두근거림이 왠지 두근두근 계속 이어졌다. 리오, 아니, 하루토가 머리에서 떠나지 않았다. 그러나 아키가 빤히 보는 것을 알아차리고—.

"응?"

미하루가 어색한 미소를 지으며 고개를 갸웃거렸다.

"……."

아키는 순간 벌레를 씹은 듯한 표정으로 바로 시선을 피했다.

'미하루 언니, 설마……. 그리고 지금 아키의 표정은…… 뭐지?'

라티파는 그런 두 사람을 몰래 관찰했다. 하루토가 미하루를 미아라는 애칭으로 부른 것은 알고 있었다. 그래서 **미하루와 아키가 어쩌면 하루토를 떠올린 걸지도 모른다고 신경을 곤두세우며** 아키가 보인 표정의 의미도 생각했다.

그러나 힌트가 너무 적었다. 답이 나올 리 없었다. 예전에 리오에게 들은 것은 **어머니의 불륜 때문에 아마카와 하루토의 부모님이 이혼했고** 하루토는 어린 시절 미하루와 아키, 두 사람과 헤어졌다는 것뿐이었으니까.

지금의 미하루가 아마카와 하루토를 어떻게 생각하는지, **아키가 부모님의 이혼 원인을 모른 채** 하루토나 피가 이어지지 않은 아버지에게 복잡한 마음을 가지고 있다는 것 등을 상상해내는 것이 가능할 리 없었다.

그리고 가령 상상했더라도 전생의 기억이 있다는 사실을 미하루 일행에게 숨긴 라티파가 답을 맞혀볼 수도 없었다.

그러나 그래도―.

'……묻고 싶어.'

라티파는 안타까워하며 이를 갈았다. 미하루와도, 아키와도, 자신이 아마카와 하루토라는 사람을 안다는 것을 터놓고 이야기해보고 싶었다.

그러나 그럴 수 없었다. 리오가 막았으니까. 라티파가 무단으로 리오의 말을 거스를 수 있을 리 없었다. 할 수 있는 것은 고작―.

"……미이? 무슨 뜻일까? 미하루 언니."

빙 돌려 핵심에 이르는 질문을 하고 반응을 살피는 정도였다. 라티파는 웃음을 꾸며내며 머뭇머뭇 옆에 앉은 미하루를 떠봤다.

"응. 뭘, 까?"

미하루가 부자연스럽게 웃으며 고개를 갸웃거렸다.

'이 반응은…… 역시 오빠를 생각하는, 거지?'

라티파는 추측했다. 이어서 아키에게도 힐끗 시선을 보내니 살짝 미간을 찌푸리고 뚱한 표정을 짓고 있었다.

'……아키도 오빠를 생각하나? 그런데…….'

라티파는 아키의 표정에서 그 심경을 넌지시 알아챘다. 그러나 그런 종류의 감정을 품은 이유까지는 알지 못했다.

"아키?"

벨라도 아키의 표정이 굳은 것을 느꼈는지 의아해하며 아키의 얼굴을 들여다봤다.

"응? 왜 그래? 벨라."

아키가 얼른 밝은 표정을 지으며 벨라에게 대답했다.

"……아니, 아무것도 아니에요. 계속 이야기해주세요, 언니들."

기분 탓이라고 생각한 벨라는 고개를 젓고 사라 일행에게 이야기를 계속해달라고 했다.

"계속…… 해달라고 해도, 그 뒤에 바로 눈을 뜬 라티파가 감옥으로 달려와 큰 소동이 일어났지, 분명."

사라가 그립다는 듯이 당시 사건을 말했다.

"네? 라티파가요?!"

벨라를 시작으로 그때 그 자리에 없었던 아키와 미하루의 관심이 라티파에게로 옮겨졌다.

"돼, 됐어! 그 이야기는!"

자기 이야기가 나오자 라티파가 부끄러운지 대화를 막으려고 했다.

"그렇지 않아요! 꼭 듣고 싶어요! 그렇죠? 아키."

"응, 맞아."

벨라가 떠보자 아키가 즐겁게 웃으며 고개를 끄덕였다. 미하루와 사라 일행도 키득 웃으며 긍정했다.

"그래, 라티파가 눈을 뜨더니 이야기도 안 듣고 리오 씨를 찾으러 달려나가서 나랑 우즈마가 황급히 쫓아갔다니까."

그러자 벨라 일행의 요청에 응해 사라가 당시 라티파 이야기를 꺼냈다.

"정말! 말하면 안 돼, 사라 언니!"

라티파가 뺨을 붉히며 사라를 막으려고 했다.

Ⅸ 제 6 장 Ⅹ ❋ 조우

한편, 시간과 장소를 바꿔서—.

리오가 로다니아 시장에서 정보를 수집할 무렵.

리제롯테가 승선한 마도선은 순조롭게 항로를 소화하고 벨트람 왕국과 가르아크 왕국의 국경을 넘었다. 여기까지 오면 아망드는 바로 코앞이었다.

"리제롯테 님, 이제 곧 아망드에 도착합니다."

개인실에서 아리아와 둘이서 편하게 있던 리제롯테에게 아망드에 곧 도착한다는 보고가 왔다. 보고하러 온 아름다운 두 시녀가 공손하게 머리를 숙였다.

"드디어. 저택으로 돌아가면 우선 쌓인 서류 정리부터 하겠어. 너희 손도 빌릴 테니까 잘 부탁해. 나탈리, 코제트."

리제롯테가 보고하러 온 시녀들에게 방긋 웃으며 말했다.

"켁……."

한 시녀가 자기도 모르게 말을 흘렸다.

"왜 그러지? 코제트."

리제롯테가 똑똑히 들었는지 말을 흘린 시녀 코제트에게 상냥하게 웃으며 말을 걸었다.

"아뇨, 도착할 무렵에는 해가 졌을 테고 여독도 쌓였으니 먼저 저녁을 드시는 게 어떨까 싶어서."

코제트라 불린 시녀가 아하하 억지로 웃으며 제안했다.

"각하. 쌓인 일을 처리해야 해. 여가라면 벨트란트에서 잔뜩 즐겼잖아?"

리제롯테가 고개를 젓고 코제트에게 미소 지었다.

"에이— 영빈관에 갇혀서 뭐 사러 나가지도 못했잖아요."

코제트가 입을 내밀고 너스레를 떨었다.

"일이 없었던 만큼 몸은 쉬었잖아?"

리제롯테가 한숨 섞어 말했다.

"적당히 해, 코제트. 모두 같은 조건이니까."

코제트 옆에 있던 성실한 시녀 나탈리가 잔소리했다.

"뭐, 그래. 상황이 진정되면 휴가를 줄게."

리제롯테가 이거 참 하고 탄식하며 상을 흔들었다.

"정말이세요?!"

코제트가 얼굴을 빛냈다.

"응. 그러니까 좀 더 힘내줘. 나탈리도."

리제롯테는 쓴웃음을 지으며 타산적인 부하를 격려했다.

"알겠습니다, 맡겨주세요!"

코제트가 힘차게 대답했다.

"감사합니다."

그리고 옆에 선 시녀 나탈리도 공손히 허리를 숙였다. 휴가라는 말을 들은 입가에 살며시 미소가 떠올랐다.

"그럼 이제 내릴 준비를……."

리제롯테가 이야기를 정리하려다—.

"꺅, 뭐야?!"

마도선이 휘청 흔들려 비명을 질렀다.

"바로 원인을 알아보겠습니다. 나탈리, 코제트."

비행 중인 마도선이 크게 흔들리는 것은 보통 일이 아니었다. 아리아는 즉시 지시를 내리려고 했다.

"리제롯테 님, 리제롯테 님!"

그때, 문 너머 복도에서 우당탕 소란스러운 발소리와 함께 리제롯테를 부르는 소녀의 목소리가 들렸다.

"이건 클로에의 목소리군요."

아리아가 재빠르게 이동해 문을 열었다.

"리제롯테 님!"

그러자 견습 시녀 소녀 클로에가 안색을 바꾸고 나타났다.

아리아는 조금 전의 흔들림이 클로에의 동요와 관련됐음을 직감했다.

"침착해요. 조금 전의 흔들림은? 무슨 일이 있었습니까?"

클로에를 달래고 차분한 목소리로 물었다. 그러자 허둥지둥하던 클로에가 크게 심호흡했다.

"저, 저기, 그, 큰일입니다! 요, 용이, 검은 용이 나타났습니다!"

그리고 소동의 원인을 보고했다.

"……배가 크게 흔들린 것과 그 용이 관련이 있다고요?"

아무리 아리아여도 무심코 눈을 크게 떴지만, 냉정하게 물었다.

"앗, 선장님이 가까운 도시에 긴급 착륙하기 위해 고도를 낮추겠다고 말했으니 조금 전의 흔들림은 그 때문이 아닐까요……? 용은 멀리서 발견됐을 뿐인지라."

클로에가 허둥지둥 사정을 설명했다.

"……리제롯테 님, 밝혀지지 않은 부분이 조금 많습니다만, 긴급사태입니다. 불의의 사태에 대비해 선장이 있는 곳으로 가시지요. 이쪽으로."

아리아가 즉시 생각을 정리하고 리제롯테를 이끌었다.

"응, 맡길게."

리제롯테가 바로 일어나 아리아의 곁으로 이동했다.

"여러분도 따라오세요. 리제롯테 님을 지키는 겁니다."

아리아가 클로에와 나탈리, 코제트에게 지시를 내렸다.

"네!"

세 시녀가 입을 모으고 기민하게 대답했다.

리제롯테 일행은 조타실로 이동했다.

"부선장, 상황을 보고해주십시오."

아리아가 입실과 동시에 키를 잡은 선장 옆에 서 있는 남자에게 말했다.

"넵. 아망드로 진로를 유지하던 중, 북쪽에 거대한 검은 용으로 보이는 괴물이 비행하는 것을 목격했습니다. 지금은 저쪽을 선회하고 있습니다."

부선장이 전망 좋은 조타실 창문으로 북쪽을 가리켰다.

"저건……!"

리제롯테 일행이 시선을 옮기고 나란히 숨을 삼켰다. 부선장이 가리킨 북쪽 하늘에 칠흑 같은 피부를 가진 용처럼 보이는 생명체가 비행하고 있었다. 마도선과 거리가 꽤 있지만, 육안으로도 형태를 또렷하게 인식할 수 있을 정도의 크기였다.

"다행히 우리를 알아차리지 못했는지 현재는 크게 고도를 낮춰 비행 중입니다. 다만, 아망드까지는 비행이 위험하다고 판단해 가까운 도시에 착륙하기로 했습니다. 양해해 주시겠습니까?"

부선장이 식은땀을 흘리면서도 냉정하게 상황을 설명하고 현재 대응이 올바른지 리제롯테에게 판단을 청했다.

"네, 신속하고 정확한 판단이에요. 현재 위치를 가르쳐 주겠어요?"

리제롯테가 선장들의 판단을 지지하며 현재 위치를 물었다.

"크레티아 공작령, 아망드 서쪽 삼림지대입니다."

"아망드 서쪽. 그럼 착륙하는 도시는 노와인가?"

노와는 아망드 서쪽에 있는 작은 도시다. 이렇다 할 산업이나 특징이 없어서 아망드로 가는 길의 숙박 마을로 기능했다.

"네, 곧 도착할 예정입니다. 선장님의 조타는 정확하니, 잠시만 기다려주시면 감사하겠습니다."

부선장이 열띤 표정으로 키를 잡은 선장을 보고 깊이 머리를 숙였다.

◇ ◇ ◇

　그로부터 몇 분 뒤.

　리제롯테 일행은 무사히 노와 근교 호수에 마도선을 착수했다.

　"훌륭한 착수(着水)였습니다, 선장. 진심으로 감사드립니다."

　리제롯테가 무사히 착수한 것에 안도하고 선장을 존경하며 감사를 표했다.

　"아뇨, 그게 소관의 일이옵니다. 아가씨가 무사하셔서 무엇보다 다행입니다."

　연배 있는 선장이 부끄러운 듯이 겸손해하며 고개를 저었다.

　"우리 외에도 이 호수에 착륙한 마도선이 있습니다만, 어떻게 하시겠습니까? 리제롯테 님. 저 깃발 문양은 유그노 공작가의 것으로 보입니다."

　아리아가 조타실 창문으로 밖을 둘러보고 물었다. 호수에는 리제롯테 일행의 마도선 외에 다른 한 척의 마도선이 부상해 있었다.

　"유그노 공작이 승선해 계실지도 모르겠네. 일단 저쪽 승조원에게 이야기를 들어볼까? 그리고 도시로 상륙할 준비도 진행하도록 해. 가능하겠습니까? 선장."

　리제롯테가 앞으로의 행동방침을 정하고 선장에게 물었다.

"물론입니다. 맡겨주십시오."

선장이 공손히 오른손을 가슴에 대고 경례했다.

그 뒤, 선장의 교묘한 지휘 아래, 상륙 준비가 진행됐다.

동시에 시녀 나탈리가 마도선 승조원들을 이끌고 다른 마도선과 접촉하러 갔다. 십여 분도 지나지 않아 나탈리를 태운 조각배가 리제롯테의 마도선으로 돌아왔다.

"청취 결과, 저 마도선은 유그노 공작 소유의 배임을 확인했습니다. 공작 외에 용사 사카타 님과 제2왕녀 플로라 님도 승선해 계셨다고 합니다만, 지금은 노와 대관을 만나러 가셨다고 합니다."

나탈리가 간략하게 정보를 보고했다.

"……용사님 일행이……. 사상자는 없고?"

리제롯테가 살짝 눈을 크게 뜨며 물었다.

"네. 문제없이 착수했다고 합니다."

"……그래, 다행이네. 상륙 준비는 어떻습니까? 선장."

살짝 숨을 내쉰 리제롯테가 이번에는 선장에게 물었다.

"마쳤습니다. 다만, 아무래도 넓은 호수가 아니라서 수심이 얕을 우려가 있습니다. 육지로는 조각배로 이동하셔야겠습니다만……."

선장이 그렇게 말하고 문제없냐며 리제롯테의 안색을 살폈다.

"상관없어요. 당장 출발할까요? 마중도 나온 모양이니."

고개를 끄덕인 리제롯테가 노와 도시 쪽 육지에서 어수

선하게 기다리는 한 무리를 보고 어깨를 살짝 으쓱했다.

◇ ◇ ◇

그리고 리제롯테 일행이 육지로 이동해 조각배에서 내리자―.

"리제롯테 님, 잘 와주셨습니다. 오랜만에 뵙습니다."

노와를 다스리는 남자 대관이 공손하게 인사했다. 리카 상회 소속을 나타내는 마도선 깃발을 보고 사전에 리제롯테가 승선했을지도 모른다고 짐작했으리라. 영주 딸의 얼굴을 잊을 리 없어서 그렇게 놀라지는 않은 것 같았다.

"오랜만입니다, 복서 준남작님. 이런 사태만 아니면 느긋하게 대화를 나누고 싶습니다만……."

리제롯테도 상대의 얼굴을 아는지 고갯짓으로 인사하고 정중하게 대답했다.

"용으로 보이는 괴물 말씀이시군요. 이미 아실 수도 있으나, 실은……."

복서 준남작이 뒤를 돌아보자―.

"여어, 리제롯테."

병사들 뒤에서 용사로 소환된 청년 사카타 히로아키가 복서 준남작의 말을 끊고 당당하게 나타났다. 오른손을 들고 친근하게 리제롯테를 불렀다. 동시에 리제롯테의 뒤에 서 있는 시녀들의 얼굴을 보고 그 아름다움에 작게 휘파람을 불었다.

"오랜만에 뵙습니다, 용사님."

리제롯테가 사교적으로 웃으며 히로아키에게 대답했다.

"아— 용사님이라느니 그렇게 남처럼 굴지 마. 뭣하면 이름으로 불러도 상관없어. 전에도 말했잖아?"

히로아키가 기대에 찬 눈빛으로 리제롯테를 봤다.

"매우 기쁜 권유입니다만, 그럴 수는 없습니다."

그러나 리제롯테는 붙임성 좋은 웃음과 함께 안타까워하며 고개를 저었다.

"히로아키 님, 지금은 긴급사태이니까요. 다음에 자리를 마련해 리제롯테 님과 느긋하게 대화를 나누시죠."

그러자 금발 세로 롤 머리를 한 귀여운 10대 초반 소녀, 로아나 폰테인이 다가와 히로아키에게 간언했다.

"아, 그랬지. 정말."

히로아키가 나원참 하고 어깨를 살짝 으쓱했다.

"로아나 님, 오랜만입니다. 그리고 플로라 님과 유그노 공작님도. 무사하셔서 다행입니다. 그런데 여러분은 왜 이곳에?"

리제롯테가 로아나와 뒤에 있는 플로라 일행을 향해 깊이 고개를 숙이고 이곳에 있는 이유를 이상하다는 듯이 물었다.

"하하하, 약속도 하지 않고 미안하네만, 마침 리제롯테 양을 만나러 아망드로 가던 중에 저 검은 용 같은 괴물을 목격했다네. 서둘러 이 도시로 내려왔지. 우리도 막 도착한 참이야."

유그노 공작이 한숨을 섞으며 의젓하게 말했다.

"그러십니까. 현시점의 피해 상황이 어떤지 알고 계십니까?"

"아니, 지금은 이 일대 하늘을 날고 있기만 한 것 같네. 무엇이 목적인지는 모르네만……."

"……감사합니다. 정보 정리와 앞으로의 대응에 관해 시급히 대화할 필요가 있겠습니다. 복서 준남작님, 장소를 제공해주실 수 있을까요?"

괴롭게 탄식한 리제롯테가 곁에 있던 복서 준남작에게 물었다.

"물론입니다. 비좁아 죄송하지만, 제 저택으로 와주십시오."

◇ ◇ ◇

리제롯테 일행은 복서 준남작 저택의 식당으로 안내받았다. 준남작 저택의 사용인이 아닌 리제롯테의 시녀들이 차를 준비하는 가운데—.

"자, 소속이 다른 여러분께서 모여주셨습니다만……."

리제롯테가 진행을 맡은 긴급회의가 열렸다.

주요 참가자는 시녀장 아리아, 노와를 다스리는 복서 준남작과 병사 대장, 그리고 벨트람 왕국에서 찾아온 유그노 공작과 히로아키, 플로라와 로아나였다.

그 외에 마도선 승조원 간부가 불려 왔다. 유그노 공작 일행은 타국 사람이지만, 이 상황에는 정보를 공유하는 수밖에 없어서 함께 했다.

"우선 의논해야 하는 사항은 저 용으로 보이는 괴물의 정체와 목적입니다. 어떤 사소한 것도 상관없으니 신경 쓰이는 점이 있다면 꼭 말씀해주십시오. 제일 먼저 저 괴물을 알아차린 것은 유그노 공작님의 배에 타고 계셨던 분이죠?"

리제롯테가 실내에 있는 얼굴을 둘러보고 정보 공유를 요청했다. 예상되는 피해와 앞으로의 대응을 검토하기 전에 지금은 조금이라도 많은 정보가 필요했다.

"그러네, 우리 쪽 선장이야. 나도 마침 조타실에 있어서 바로 알아차렸네만, 엄청난 속도로 북쪽 하늘을 비행하는가 싶더니 이 일대 하늘을 어슬렁어슬렁 배회하기 시작했네."

탄식한 유그노 공작이 찌무룩한 표정으로 말하기 시작했다.

"북쪽 하늘에서……. 이 일대의 하늘을 어슬렁거렸다고요. 그러면 무언가를 찾는 것 같기도 하고, 무슨 시위행위 같기도 하군요."

리제롯테가 괴롭게 생각하며 입가에 손을 댔다.

"아— 질문이 하나 있는데……."

그때, 히로아키가 손을 들었다.

"네, 무엇인지요? 용사님."

리제롯테가 다시 미소 지으며 히로아키에게 대답했다.

"저건 정확히 용인 거야? 아까부터 용으로 보이는 괴물이라는 표현이 조금 걸리는데."

"……단정은 못 합니다. 용과 아주 비슷한 해수인 아룡이라는 게 있어서."

"호오, 진짜 용과 어떻게 달라?"

히로아키가 흥미로운지 눈을 휘둥그레 뜨고 다시 물었다.

"일설에 의하면 아룡은 용의 권속이라고 합니다. 힘은 진짜 용에 크게 뒤떨어지지만, 종류가 다양하며 소형 아룡과 대형 아룡도 있다고 합니다."

리제롯테가 설명했다.

"아— 뻔하네. 즉, 용만큼은 아니지만 그럭저럭 강한 게 아룡이라는 거지?"

히로아키가 근거도 없이 아룡의 힘을 억측했다.

"그럭저럭이라니, 당치 않습니다. 프로키시아 제국이 사역한다는 소형 아룡도 기질이 사납고 피부도 강철처럼 튼튼하다고 하니, 대형 아룡에 이르러서는 재난입니다. 과거에는 대형 아룡에게 공격당해 괴멸한 도시도 있습니다."

리제롯테가 강하게 고개를 젓고 아룡의 위협을 말했다.

"그럼 대형 아룡이든 용이든 근처에 있는 저게 둘 중 하나면 위험하다는 거야?"

"네, 아마 아룡일 거라 생각합니다만, 사람에게 지지 않을 것은 분명합니다."

리제롯테가 얼굴에 그늘을 드리우고 고개를 끄덕였다.

"음, 왜 아룡이라고 생각해?"

히로아키가 이상하게 여기며 물었다.

"둘 다 인가에 모습을 드러낸 일이 거의 없습니다만, 진짜 용을 목격했다는 증언이 아룡보다 훨씬 적기 때문입니다. 제가 아는 한, 요 몇십 년 동안 진짜 용이 이 주변에 목격된 적도 없고, 용을 목격했다는 증언 또한 대부분 아룡을 오인했던 것임이 나중에 밝혀지거나 혹은 그런 오해일 가능성이 극히 높았습니다."

"하하아, 목격된 예가 적어서 잘 모르는 사람은 구별하기 어렵다는 건가."

히로아키가 이해하고 만족스러워하며 추측했다.

"헤아리신 대로입니다."

리제롯테가 꾸벅 고개를 끄덕였다.

"아— 그런데 뭐, 멀리서 봐도 뚜렷하게 보이는 크기야. 십중팔구 저게 대형이라 치고, 개체명 같은 건 없어?"

조금씩 상황을 바르게 이해하고 있는지 히로아키의 표정이 진지해졌다.

"근처에서 가만히 관찰한 사람은 없지만, 대형 아룡이라면 가능성이 높은 종족은 하나뿐이지 않은가? 리제롯테 양."

히로아키의 질문에 대답하듯이 유그노 공작이 입을 열었다.

"비룡······입니까?"

리제롯테가 머뭇거리며 대답했다.

"그렇네. 허나 내가 아는 비룡의 피부는 녹색일세. 피부가 검은 비룡은 들어본 적이 없어. 그렇다면······."

"비룡의 아룡, 혹은 상위 종······이라는 것이군요. 아니면 정말로 용이거나, 완전히 미확인 신종 아룡일 가능성도······."

"그 가능성은 생각하고 싶지 않네만······."

유그노 공작이 씁쓸하게 웃었다.

"저 용으로 보이는 생명체가 무엇인지 짐작 가시는 분, 계십니까?"

리제롯테가 실내에 있는 사람들을 보며 물었다.

"······."

긍정적인 대답은 돌아오지 않았다. 오로지 무거운 침묵만이 감돌았다.

"그렇겠죠."

리제롯테는 처음부터 기대하지 않았다는 듯이 체념한 미소를 지었다.

"그렇다면 역시 잠정적으로 우리가 이길 수 없다고 생각하고 행동해야겠습니다. 지금 당장 피해가 있다면 모를까, 현재 상황에서는 함부로 자극해서 날뛰게 해서는 안 됩니다. 우선 마도 통신구로 주변 도시에 경고와 동시에 최악의 사태에 대비해 주민 피난 준비를 권해야 한다고 생각합니다만, 의견 있으신 분?"

리제롯테가 자기 생각을 늘어놓고 다시 실내를 둘러봤다.

그렇다. 상대가 의사가 있는 재난인 이상, 가장 무난한 선택지는 함부로 자극하지 않고 지켜보는 것이었다. 하지만 마냥 손가락 빨며 기다릴 수는 없으니 최악의 사태에 대비해 피난을 준비해야 했다.

참고로 마도 통신구란 이름 그대로인 원격통신용 마도구로, 30킬로미터 권내에서 같은 마도구를 소유한 상대와 음성 대화를 할 수 있는 물건이었다. 발신에 필요한 마력이 막대하다는 점과 같은 마도구만 있으면 음성을 감청할 수 있어서 기밀 정보는 공유할 수 없는 것이 단점이지만, 이런 유사시에는 유용했다.

"나도 같은 의견이네. 얌전히 사라져준다면 그걸로 충분하지. 지켜보는 수밖에. 퇴치는 당치도 않아. 피해가 확대될 걸세."

유그노 공작이 즉시 리제롯테의 판단에 동의했다.

"복서 준남작님은 어떠십니까?"

리제롯테가 복서 준남작에게도 의견을 구했다. 직책상, 이 도시의 책임자는 리제롯테가 아닌 복서 준남작이었다.

"······예, 저도 같은 의견입니다. 주민에게 피난 준비를 권하겠습니다. 최악의 경우, 도시 피난도 검토하고 준비하겠습니다.

복서 준남작이 무겁게 고개를 끄덕였다.

"알겠습니다. 그럼 노와에 사는 주민의 지휘는 복서 준남작님이 맡아주세요. 부디 잘 부탁드립니다."

리제롯테가 아망드 대관으로서가 아니라 영주의 딸로서 복서 준남작에게 깊이 고개를 숙였다. 아버지의 영민을 잘 부탁한다는 것이리라.

"물론입니다. 풋내기인 제게 이 도시의 대관을 맡겨주신 크레티아 공작님을 위해서도 분골쇄신하겠습니다. 맡겨주십시오."

복서 준남작이 공손히 오른손을 가슴에 대며 경례했다.

리제롯테는 살며시 미소 지었다.

"유그노 공작님은 어떠십니까? 인원이 부족해 호위를 붙여드리지 못해 죄송합니다만, 개인적으로는 히로아키 님과 플로라 님을 모시고 가능한 한 빨리 벨트람 왕국으로 돌아가셔야 하지 않을까 싶습니다만······."

리제롯테가 유그노 공작에게 물었다. 외국 귀족인 유그노 공작 일행은 외부인이었다. 정식 초대를 받고 리제롯테를 방문한 것은 아니지만, 자치령에서 죽으면 국제 문제가 될 수 있었다.

"흠······."

유그노 공작도 상황을 이해했는지 생각에 잠긴 얼굴로 고개를 끄덕이려고 했다.

"잠깐, 리제롯테는 어쩔 셈이야? 설마 여기 남으려고?"

그때, 히로아키가 황급히 끼어들어 물었다.

"……아뇨, 저는 아망드로 가겠습니다. 대리가 있지만, 그 도시의 대관은 저이니 인근 도시와 연계해 현재 상황에 대처할 의무가 있습니다."

리제롯테가 쓴웃음을 짓고 고개를 저었다.

현재 상황은 아망드로서도 남 일이 아니었다.

"아니…… 잠깐만. 마도선으로 이동하려고? 저런 걸로 하늘을 날면 저걸 자극할 뿐이야. 방금 막 자극하지 않기로 정했잖아?"

히로아키가 당황해서 눈을 휘둥그렇게 뜨고 리제롯테의 결단에 이의를 제기했다.

"네. 그러니 육로를 통해 아망드로 갈 겁니다. 다행히 내일 아침 노와에서 출발하면 밝을 때 아망드에 도착하거든요."

리제롯테가 아주 침착하게 말했다.

"……육로로 아망드에 간다고? 시녀들을 데리고? 그 외에는 마도선 승조원밖에 없잖아?"

"그렇습니다. 마도선을 관리해야 하니 승조원은 노와에 남을 겁니다만."

"영애인 너와 시녀들끼리 아망드까지 간다니, 여자끼리만 가면 힘들 텐데……."

히로아키가 시무룩한 얼굴로 난색을 표했다.

"염려 마세요. 제 시녀들은 전투훈련을 받았습니다. 그리고 이래 보여도 저도 호신술 정도는 쓸 수 있고요."

리제롯테가 난처한 얼굴로 고개를 꼬았다.

"……히로아키 님, 너무 밀어붙이시면 리제롯테 님이 곤란해 하세요. 우리 귀족의 임무가 성별에 따라 면제되지는 않으니까요."

조용히 대화를 듣던 로아나가 지금이라는 듯이 히로아키에게 충고했다.

"로아나, 하지만……."

히로아키가 강한 거부감을 느꼈는지 로아나의 충고에도 저항했다.

"……아니, 알았어. 아— 알았다고."

하지만 잠시 후, 그렇게 투덜거렸다.

"이해해 주시겠습니까."

설득하느라 고생하던 리제롯테가 안도했다. 그러나—.

"나도 리제롯테와 함께 간다."

히로아키가 동행을 제안했다.

"네?!"

리제롯테가 놀라서 눈을 번쩍 떴다.

"히로아키 님!"

로아나도 당황해서 히로아키에게 따졌다.

"아— 봐봐. 로아나. 리제롯테를 두고 남자인, 아니, **용사인 내가** 안전한 곳으로 도망칠 수는 없잖아. **용사인 내가** 리제롯테를 지켜야 해."

히로아키가 탄식하며 리제롯테를 바라보더니 자신이 용사임을 강조하며 결연히 말했다.

"하지만……!"

"기다리게나, 로아나 양. 히로아키 님의 의향을 무조건 거부할 수는 없네."

로아나가 당장 물고 늘어지려고 하자 유그노 공작이 차분하게 로아나에게 충고했다.

"하, 하지만 괜찮으십니까? 유그노 공작님. 히로아키 님은……."

로아나가 답답한지 유그노 공작에게 항의했다.

"히로아키 님은 용사님이야. 그래, 직접 말씀하셨듯이 말일세. 우리는 용사님께 명령할 처지가 아니네. 그리고 용사님이 위협에서 도망치면 안 좋은 소문이 돌 걸세. 그렇게 생각하지 않나?"

유그노 공작이 로아나에게 완곡하게 돌려 물었다. 입가에 득의양양한 미소가 살며시 떠올랐다.

"그건……."

로아나가 겸연쩍은지 얼굴에 그림자를 드리웠다.

"기다려주십시오, 유그노 공작님. 히로아키 님은 타국에 소속된 용사님입니다. 그런 히로아키 님이 우리 때문에 위험에 처하게 된다는 것이 어떤 의미인지는, 물론 이해하고 계시겠지요?"

그러자 대화를 지켜보던 리제롯테가 작게 한숨을 내쉬고 유그노 공작에게 물었다. 말로 꺼내지는 않았지만 멋대로 따라오면 곤란하다, 무슨 일이 있어도 책임지지 않겠다는 뜻을 전했다.

"물론이네."

그러나 유그노 공작은 이미 알고 있었다는 듯이 귀족답게 뻔뻔히 고개를 끄덕였다.

"……히로아키 님도 입장을 이해하셨습니까? 당신은 육현신의 사도로 신의 위력을 상징합니다. 따라서 육현신을 믿는 슈트랄 지방 사람들에게 히로아키 님은 신에 가까운 존재입니다. 그런 당신께 무슨 일이 일어나고 그 사실이 알려지면 주변에 끼칠 영향을 헤아리기 어렵습니다."

리제롯테가 히로아키에게도 물었다.

히로아키는 참지 못하고 아주 마음이 없지는 않은 듯한 미소를 지었다.

"아— 어리석은 질문이야. 분명 나는 용사로서 행동하고 유그노 공작 쪽에 협력을 아끼지 않겠다고 맹세했어. 단, 그건 유그노 공작 쪽이 바라는 용사의 자세가 틀리지 않았다고 내가 납득했을 때라는 조건이 붙어. 이곳에 리제롯테를 두고 나만 안전한 곳으로 도망치는 건 내 용사의 미학에 반한다고."

그리고 훗 하고 웃었다.

"저는 동행을 거절하고 싶습니다만……."

리제롯테가 강하게 난색을 표했다.

"소용없어. 지금 말했잖아? 아름다운 여자를 위험에 처하게 하는 것은 내 용사 미학에 반한다고. 내 마음대로 따라갈 거야."

히로아키가 우쭐해서 말하고 가슴을 펼쳤다.

"그렇게 됐네, 리제롯테 양. 히로아키 님과 동행해주지 않겠나? 이건 조력 제안이 아니라 탄원으로 받아들여도 상관없네. 가령 불의의 사태가 일어나도 책임을 추궁하지 않고 빚으로 삼지도 않겠다고 맹세하지. 뭣하면 서약서를 만들어도 좋네."

유그노 공작이 즉시 말했다.

"……진심이십니까?"

리제롯테가 반쯤 포기한 듯이 한숨을 섞어 물었다. 말로 거부하는 것은 간단하지만, 이 이상은 쓸데없는 전개가 펼쳐질 것이 눈에 선했다.

"진심이고말고. 우리도 히로아키 님이 독단으로 움직이시면 곤란하다네. 더구나 섣불리 전력을 분산할 수도 없어. 우리도 호위를 이끌고 동행하겠네. 괜찮으십니까? 플로라 님."

유그노 공작이 의젓하게 대답하고 플로라에게 물었다.

"네, 네. 히로아키 님을 두고 우리만 돌아갈 수는 없으니까요."

플로라가 꾸벅꾸벅 고개를 끄덕였다.

"뭐, 노와에서 아망드로 호송하는 것뿐이야. 근처에 있는 용으로 보이는 생물이 공격하면 모를까, 별로 위험하지도 않을걸. 그리고 최악의 사태가 벌어질 것 같으면 나한

테 기대라고."

히로아키가 이거 보라는 듯이 어깨를 으쓱했다.

"……낙관은 금물입니다. 조심하세요."

리제롯테가 괴로운 듯이 말했다.

"아— 말해두겠는데, 나와 이 『야마타노오로치』를 얕보지 말라고?"

히로아키가 머리를 긁적이고 손을 내밀었다. 그러자 히로아키의 손에 빛이 모이더니 서양풍 디자인으로 변형한 검이 나타났다.

"그건……."

리제롯테가 눈을 크게 떴다.

"용사가 소유하는, 내 신장이야. 『야마타노오로치』라고 이름 붙였어."

히로아키가 득의양양하게 설명했다.

"야마타노……오로치."

리제롯테가 그 이름을 중얼거렸다.

"발음 꽤 잘하는데? 야마타노오로치는 내가 살던 나라의 수신이야. 내 신장에 깃든 힘과 관련이 있어서 붙여봤는데, 여덟 개의 머리와 꼬리를 가진 용의 모습을 해서 신룡이라고도 해."

"오오……."

실내에 있는 일부 사람이 기대하며 히로아키가 든 검을 봤다.

"뭐, 풀 파워로 쓸 수는 없어서 시험해본 적은 없지만, 이름에 부끄럽지 않은 힘을 가졌을 거야. 혹시 저 용도 해치울 수 있을지도 몰라."

기분이 좋아진 히로아키가 포즈를 취하며 검을 겨눠 보였다.

"……만일의 사태 때는 부디 잘 부탁드립니다."

리제롯테가 가만히 히로아키의 검을 보더니 조용히 고개를 숙였다. 시험해본 적 없는 힘을 갑자기 실전에 쓰는 것은 위험하다고 생각했지만, 입 밖으로 꺼내지는 않았다.

"보, 복서 준남작님! 실례합니다!"

그때, 도시 병사가 황급히 달려왔다. 만약의 사태를 예상하고 실내에 긴장감이 감돌았다.

"무슨 일인가?!"

복서 준남작이 즉시 무서운 표정으로 대답했다.

"요, 용으로 보이는 생물이 북쪽 하늘로 날아갔습니다!"

병사가 상기된 목소리로 상황을 보고했다.

"뭐……?"

살짝 허를 찔린 복서 준남작이 상황을 파악하고 의견을 구하고자 리제롯테를 바라봤다.

"……아직 근처에 있을 수도 있고, 돌아올 가능성도 있습니다. 위기가 사라졌다는 생각은 시기상조예요. 당장 대응을 변경할 필요는 없습니다."

리제롯테가 침착하게 말했다.

"외람되지만, 나도 리제롯테 양과 같은 의견이네. 아직 낙관할 수 있는 상황은 아니야. 적어도 몇 주간은 상황을 보는 게 좋을 걸세."

유그노 공작이 즉시 동의했다.

"……그렇군요."

복서 준남작도 피곤한 표정으로 동의했다.

"아— 어차피 지성 없는 짐승이야. 분위기 파악도 못 하고 행동 예상도 못 해. 어쨌든 리제롯테를 데려다 주겠다는 내 중대한 임무는 바뀌지 않아. 맡겨두라고."

히로아키가 숨을 내쉬고 어깨를 으쓱했다.

그날 밤.

리제롯테는 저녁을 먹고 내일 아침 출발하기 위해 복서 준남작 저택의 객실에 틀어박혔다. 지금 방에 같이 있는 사람은 측근 중의 측근인 아리아뿐이었다.

"하아……."

리제롯테가 무거운 한숨을 내쉬었다.

"괜찮으십니까?"

아리아가 입을 열었다.

"뭐가?"

"용사님이 동행하시는 것 말입니다."

"……별로 좋지는 않지만, 방법이 없어. 타국 용사라고 세게 말할 수도 없고, 저 꼴을 보면 강하게 거절해도 분명 따라왔을걸."

리제롯테가 어이없어하는 표정으로 다시 탄식했다.

"고집이 세셨죠. 아주 마음에 드신 모양이에요. 역시 아가씨이십니다."

아리아가 재미있다는 듯이 키득 웃었다.

"웃을 일이 아니라고……."

리제롯테가 너무하다는 눈으로 아리아를 노려봤다.

"실례했습니다. 하지만 이번 일로 유그노 공작이 작은 빚을 안지 않았습니까? 용사님의 억지를 들어줬으니까요."

"……그러게. 왠지 본인이 바란 것 같았고."

"그런데 곁에서 본 바로는 용사님에게서 무술을 수양하는 사람 특유의 태도와 분위기가 전혀 느껴지지 않았습니다. 제대로 된 전투 훈련을 받지 않은 것 같습니다."

"내가 봐도 허점투성이인걸. 그런데 저 자신만만한 거동. 일부러 초심자처럼 행동하는 것 같지는 않고, 그만큼 신장이 대단하다는 걸까?"

"초심자에게 섣불리 강력한 무기를 쥐여주면 아군이 위험해지는데 말이죠."

아리아의 얼굴이 어두워졌다.

"……이동 중에는 내가 마차에서 상대할게. 저쪽 기사들이 동행하는 덕분에 부대 규모가 꽤 커져서 노상강도가 공격하진 않겠지만, 마물이나 짐승이 공격할 것 같으면 기사들과 연계해서 너희가 정리해줘."

"알겠습니다. 아가씨의 마음은 이해하지만, 호위는 맡겨주십시오."

"응, 부탁해. 뭐, 우리 책임이 없게 확실히 선을 그었으니 호위에 관해서는 동행하는 기사들에게 기댈 수 있을 만큼 기대자. 너희가 적극적으로 나설 필요는 없으니까."

리제롯테가 피곤한 미소를 지었다.

"신경 써주셔서 감사합니다. 다만, 몇 개월 전에 아망드 서쪽 숲에서 많은 모험가가 행방불명되었다는 이야기가 있었습니다. 방심은 금물입니다."

아리아가 리제롯테에게 주의를 촉구했다.

"그러고 보니 그런 보고가 있었지. 분명 두 달 전쯤에 행방불명자 수가 줄었다고 들었는데……."

리제롯테가 입가에 손을 대고 기억을 돌이켜봤다.

"탐색부대를 파견했으나 결국, 원인은 밝히지 못했습니다. 모험가 실종은 특별히 드문 일이 아니지만, 내일 마침 그 숲을 지나는지라 노파심에 말씀드립니다."

아리아가 엄숙하게 말했다.

"……그래. 명심해둘게. 고마워."

리제롯테가 생각에 잠긴 표정으로 감사를 표했다.

다음 날 아침. 리제롯테는 시녀들을 데리고 노와 대관복서 준남작의 저택에 있는 정원으로 나갔다. 히로아키, 플로라, 로아나는 아직 정원에 오지 않았지만, 유그노 공작과 기사들이 모여 있고 마차 두 대가 서 있었다.

시녀들은 아리아, 나탈리, 코제트, 클로에를 포함해 총 여덟 명이었고 기사들은 스물여섯 명. 그중에는 유그노 공작의 장남인 스튜어드 유그노와 로던 후작의 차남인 알폰스 로던이 있었다.

"리제롯테 양, 출발 전에 동행할 기사대장과 보좌를 소개하지."

리제롯테를 발견한 유그노 공작이 스튜어드와 알폰스, 그리고 20대 중반 남자 기사를 데려와 리제롯테에게 소개했다.

먼저 20대 중반 남자 기사가 한 걸음 앞으로 나왔다.

"레이먼 브란트입니다. 당신처럼 아름다운 여성을 경호하다니 그야말로 기사의 영광입니다. 부디 기억해주시길, 레이디 리제롯테."

공손히 인사하고 잘못하면 거들먹거리는 것처럼 보일 수도 있는 동작으로 리제롯테에게 한쪽 무릎을 꿇었다.

"잘 부탁드립니다, 미스터 레이먼."

리제롯테가 단아하게 치맛자락을 잡고 인사했다.

"이 두 젊은이는 브란트 군의 보좌라고 할까, 젊은 기사들을 책임지고 있네. 부끄러우나 인원이 부족해서 말일세. 경험을 쌓기 위해 10대인 어린 기사도 적극적으로 등용하기로 했다네. 먼저 이쪽은 알폰스 군, 로던 후작의 자식이네."

유그노 공작이 알폰스를 소개했다.

"알폰스 로던입니다. 기억해주시길, 레이디 리제롯테."

알폰스가 거들먹거리는 미소를 지으며 자랑스럽게 인사했다.

"잘 부탁드립니다, 미스터 알폰스."

리제롯테가 생긋 웃으며 인사했다.

"그리고 부끄러우나 내 자식 놈이네. 스튜어드, 인사드려라."

유그노 공작이 마지막으로 아들 스튜어드를 소개했다.

"스튜어드 유그노입니다. 잘 부탁드립니다."

스튜어드가 리제롯테의 얼굴을 빤히 바라보고 깊이 허리를 숙였다.

"네, 저야말로."

리제롯테가 방긋 웃으며 인사했다.

"그럼 우리 호위 대표자도 소개하겠습니다. 제 시녀장이기도 한 아리아입니다."

그리고 곁에 있던 아리아를 유그노 공작 일행에게 소개했다.

"……아름다운 여성께서 위험한 임무를 맡으시다니 참을 수 없군요. 무리해서 호위하지 않으셔도 우리가 지켜

드리겠습니다……."

알폰스가 아리아의 미모에 눈을 크게 뜨고 말했다.

"신경 써주셔서 감사합니다. 하지만 전투훈련을 받는 제 시녀들은 기사님들에게도 뒤떨어지지 않는답니다."

리제롯테가 후훗 하고 웃으며 고개를 저었다.

"하하하, 그거 믿음직하군요."

알폰스가 유쾌하게 웃고 늘씬한 아리아를 봤다. 리제롯 테의 말을 반쯤 과장으로 받아들인 모양이었다.

"……아리아? 아리아 군? 혹시 자네는 거버네스 가의……"

레이먼이 아리아의 얼굴을 물끄러미 보고 중얼거렸다.

"음, 그녀를 아는가? 레이먼 군."

레이먼의 말을 들었는지 유그노 공작이 물었다.

"거버네스 자작가의 영애입니다. 아버지 대에 친분이 있어서 어릴 때 만난 적이 있습니다만……"

레이먼이 아리아를 물끄러미 보며 대답했다.

"흠. 어쩐지 어디서 본 것 같은 기분이 들더니만……"

유그노 공작이 납득하면서도 뭔가 의아한 듯이 아리아를 봤다. 벨트람 왕국 출신 귀족이라면 왜 리제롯테를 모시고 있는 건가.

"머리를 길렀군. 네가 계속 마음에 걸렸어. 본가 일은 그…… 불행한 일이었어. 벨트람 왕립학원을 중퇴하고 왕성에서 일했지?"

레이먼이 묻지 않을 수 없다는 듯이 아리아에게 물었다.

"몰락한 가문의 딸은 있기 힘든 곳이었던지라 그만두었습니다. 지금은 리제롯테 님을 모시고 있으니 나라를 버린 몸입니다."

아리아가 담담히 대답했다.

"그렇군……."

무리도 아니다— 라고 유그노 공작이 복잡한 표정을 지으며 납득했다. 한편, 레이먼은 무슨 말을 하고 싶은 듯이 복잡한 표정으로 아리아를 바라봤다.

"아주 우수한 아이랍니다? 행방을 감추고 모험가로 지내던 것을 제가 스카우트했고, 지금은 제 심복입니다."

리제롯테가 분위기가 어두워진 것을 깨닫고 자랑스럽게 말했다.

"하하하. 그럼 우리나라는 아까운 인재를 놓친 게로군."

유그노 공작이 대범하게 웃고 리제롯테의 화제 전환을 도왔다.

"네, 정말로. 후회하셔도 돌려 드릴 수 없으니 언짢게 생각하지 말아 주시길."

리제롯테가 후훗 웃었다.

'농담이 아니라 정말로 아까운 인재인걸. 그렇지?'

그리고 아리아를 보며 살짝 윙크했다.

'감사합니다.'

아리아는 살며시 미소 지었다.

◇ ◇ ◇

리제롯테는 복서 준남작의 배웅을 받고 무장한 시녀들과 유그노 공작파 기사들을 데리고 큰살림을 꾸려 노와에서 아망드로 떠났다.

마차 세 대가 나란히 지나갈 수 있는 숲길을 마차 두 대가 일렬로 나아갔고, 그 주변을 기사들과 시녀들이 에워쌌다. 후방 마차에는 유그노 공작이, 전방 마차에는 리제롯테, 플로라, 로아나, 히로아키가 승차했다.

히로아키는 태평하게 큰 하품을 하고 넓은 차내에서 다리를 꼬았다.

"아직 졸리지만, 가끔은 마차를 타고 흔들리는 것도 나쁘지 않네. 이렇게 너희와 같이 앉아 느긋하게 대화도 할 수 있고."

그리고 함께 탄 귀여운 소녀들을 둘러보며 만족스럽게 입을 열었다.

"방심은 금물이에요, 히로아키 님."

그러자 로아나가 살짝 입을 내밀고 히로아키에게 충고했다.

"거참. 그렇게 토라지지 마, 로아나."

히로아키가 웃으며 말했다.

"……토라지지 않았어요. 토라질 이유가 없는걸요. 저는 히로아키 님이 위험에 처할까봐 걱정하는 것뿐이에요."

로아나가 새침한 목소리로 귀엽게 말했다.

"하하하, 그래 그래. 그런데 나는 너희뿐만 아니라 리제롯테도 지켜주고 싶어."

히로아키가 기분 좋게 웃으며 옆에 앉은 로아나의 머리를 쓰다듬었다. 그리고 대각선 맞은편에 앉은 리제롯테를 보고 정면에 앉은 플로라에게로 시선을 옮겼다.

"……신경 써주셔서 감사합니다. 하지만 로아나 님의 말씀처럼 저도 용사님이 위험에 처하시면 마음이 아픕니다. 무리는 하지 말아주세요."

리제롯테가 생긋 멋진 미소를 짓고 히로아키에게 대답했다.

"아— 걱정해주는 건 나쁘지 않은데 내가 그렇게 안 믿음직해? 이래 보여도 용사라고?"

히로아키가 쓴웃음 지으며 리제롯테 일행을 바라봤다.

"믿음직스러워요. 하지만 히로아키 님은 싸움을 싫어하시잖아요. 처음 만났을 때, 사람을 죽이려고 용사의 힘을 쓰고 싶지는 않다고 저희에게 말씀하셨잖아요?"

로아나가 가슴 아파하는 얼굴로 히로아키의 얼굴을 옆에서 바라봤다.

"용사님이, 그런 말씀을……."

리제롯테가 조금 흥미로워하며 눈을 크게 떴다.

"소환됐을 때 이야기야? 그러고 보니 그때 그런 말도 했지."

히로아키가 먼 곳을 응시하며 민망한 듯 과거를 돌이켜 봤다.

"관심이 가서 드리는 부탁입니다만, 히로아키 님이 소환 됐을 때의 이야기를 듣고 싶습니다."

소환됐을 때의 상황이 신경 쓰인 리제롯테는 눈 딱 감고 물어보기로 했다.

"아— 내 이야기를 듣고 싶어? 젊은 혈기 때문이라고 할까, 나도 유치한 면이 있었어. 다름 아닌 리제롯테의 부탁 이니까. 좋아, 말해줄게."

히로아키가 기뻐하며 승낙했다.

"뭐, 까놓고 말해서 이 세계에 소환됐을 때, 나는 이 세계에 대해 아무것도 모르는 상태였어. 그런데 갑자기 눈앞에 있는 플로라가 용사님이냐고 묻잖아. 뭐, 보통은 경계 하지?"

그리고 수다스럽게 말하기 시작했다.

"네, 그건 뭐……."

리제롯테가 맞장구치며 계속 말하라고 재촉했다.

"하지만 사정은 알고 싶어서 이야기를 듣기로 했어. 그랬더니 예상대로라고 할까, 나한테 용사로서 협력해줬으면 한다는 뻔한 전개가 됐지. 들어보니 유그노 공작 일행 은 현 정권과 정치적 분쟁 중이고, 무력충돌로 발전할 것 같다고 하잖아. 전쟁 때문에 내 힘을 이용하고 싶은 거라고 생각하게 되지?"

"그래서 사람을 죽이는 데 용사의 힘을 쓰고 싶지 않다고 말씀하셨군요."

리제롯테가 히로아키의 말을 듣고 대략적인 흐름을 파악했다.

"응. 덧붙이자면 용사가 될 생각은 없었는데…… 뭐, 이 녀석들을 알고 나니 내가 지켜줘야겠다는 생각이 들더라고. 용사가 어떤 위치인지 알게 되면서, 나라면 전쟁으로 사람을 죽이는 것 외에도 방법이 있을 거라고 생각했을 뿐이야."

히로아키가 플로라와 로아나를 봤다.

'유그노 공작의 의도에 감쪽같이 넘어가 용사가 됐다는 거로군.'

리제롯테는 속으로만 생각하고 입 밖으로 꺼내지는 않았다.

"훌륭합니다."

대신 히로아키를 칭찬했다.

"그만둬. 너무 정의감 넘치는 응석받이 같잖아. 그런 건 내 캐릭터가 아니야. 싫어하는 타입의 주인공이라고 할까, 그런 식으로 보이고 싶지 않아."

히로아키가 손바닥을 팔랑팔랑 흔들고 부끄러운지 시선을 피했다.

"그렇지 않다고 생각합니다만……."

리제롯테가 고개를 저었다.

"네, 리제롯테 님의 말씀대로입니다."

"실례지만, 저도 같은 의견이에요."

플로라와 로아나도 동의했다.

"아─ 착각하면 안 돼. 내가 살인을 꺼리는 건 그게 인도적으로 배척해야 할 행동이기 때문이야. 내가 있던 나라에서는 사정이 어떻든 살인범은 평생 사회적으로 손가락질 받아. 그리고 남을 해치려면 자기 무덤도 파라고 하지? 사람은 대부분 안 좋은 뒷맛과 죄책감에 시달려. 솔직히 나도 살인은 경멸해. 백 보 양보해서 아무리 나라를 위해서라고 해도 인도적 존재인 용사가 할 행동이 아니야."

히로아키가 자신의 가치관을 소상하게 밝혔다.

"……그렇습니까."

리제롯테가 조용히 맞장구쳤다.

'지금 자신이 얼마나 많은 살인자들에게 둘러싸여 있는지 모르는군.'

"그래서 걱정이에요. 인가와 먼 길에서는 마물이나 짐승에게 공격당하는 일이 드물지 않다고 해요. 노상강도가 있을지도 모르고요."

로아나가 아양 떨듯이 히로아키의 옷소매를 잡았다.

"아니, 아무리 그래도 이만한 전력을 공격할 노상강도는 없지. 그리고 마물이나 짐승이 상대라면 나도 봐주지 않고 야마타노오로치로 사삭 처리할 수 있고."

히로아키가 호전적인 미소를 지었다.

"마물이나 짐승은 히로아키 님을 번거롭게 할 것 없이 호위 기사들에게 맡기면 돼요."

로아나가 한탄하며 말했다.

'음, 그 편이 내게도 좋지. 유그노 공작은 일단 실제로 싸우는 모습을 보고 싶겠지? 실전 경험이 없어 보이니까……'

리제롯테가 지친 듯이 작게 한숨을 내쉬었다.

"하지만 그것도 용사의 사명이잖아? 아니면 자비인가? 인간의 원수를 토벌하는 거 말이야. 일단 나도 용사가 됐잖아. 그런 것도 경험해봐야지."

히로아키가 어휴 하고 탄식했다.

"……용사님은 마물이나 짐승 토벌 경험이 있으신가요?"

리제롯테가 마침 좋은 기회라며 히로아키의 실전 경험을 물었다.

"없어. 공교롭게도 원래 세계는 평화로웠거든. 하지만 마물이나 짐승 따위에게 겁먹지는 않아. 그렇게 이도 저도 아닌 건 싫어하거든. 뭐, 인간의 원수라고 해도 생명을 빼앗는 건 조금 슬프지만……"

히로아키가 그렇게 말하며 비관적인 표정을 지었다.

"역시 싸움을 싫어하시잖아요. 히로아키 님은 이렇게 다정하시니까……"

로아나가 얼굴에 그늘을 드리우고 옆에서 히로아키의 얼굴을 올려다봤다.

"됐어. 지금 내가 있을 곳은 이 세계니까. 예전 세계는

이제 없어. 가볍게 실전을 경험해서 진정한 의미로 작별해야 해."

히로아키가 감상적인 기분에 푹 젖으며 로아나의 머리를 쓰다듬었다.

"정말 훌륭하세요."

로아나가 히로아키에게 달라붙으며 말했다.

'하아, 어서 아망드에 도착했으면⋯⋯. 응?'

리제롯테는 속으로 작게 한숨을 내쉬고 옆에 앉은 플로라를 문득 바라봤다. 그러고 보니, 플로라의 말수가 적었다.

"플로라 님, 몸은 어떠십니까? 익숙하지 않은 마차로 이동하느라 몸 상태가 나빠지시면 안 될 텐데⋯⋯ 무슨 일 있으면 말씀해주세요."

리제롯테가 플로라를 걱정했다.

"아, 아뇨, 괜찮아요. 신경 써줘서 고마워요."

플로라가 어색한 미소를 지으며 고개를 저었다.

"그렇다면 다행입니다만, 말씀이 별로 없으신 것 같아서⋯⋯."

리제롯테가 플로라의 안색을 살폈다.

"아, 아뇨, 저는, 그, 말주변이 없어서 이렇게 다른 분의 대화를 듣는 게 편하다고 할까요, 히로아키 님의 이야기가 무척 신선해서⋯⋯."

플로라가 변명하듯이 말하고 조금 겸연쩍게 부끄러워했다.

"……실례했습니다. 그럼 부디 저와 대화를 나눠주시겠어요? 실례지만, 플로라 님께 여쭤보고 싶은 게 많습니다."

리제롯테가 미안해하며 사과하고 플로라에게 대화를 청했다.

"네, 기꺼이."

플로라가 기뻐하며 말했다.

"이거 봐, 우리를 잊지 말라고."

그러자 맞은편에 앉은 히로아키가 두 사람의 말을 듣고 대화에 끼려고 했다.

"……물론입니다. 그럼 무슨 이야기를 할까요?"

히로아키가 대화에 끼면 플로라의 말수가 줄어들 것 같았지만, 거절할 수 있을 리가 없었다. 리제롯테는 자기가 대화를 유도하는 수밖에 없다며 부득이하게 히로아키도 받아들였다.

◇ ◇ ◇

리제롯테 일행이 순조롭게 여행하는 한편―. 먼 상공에 프로키시아 제국 대사인 레이스가 검은 외투를 몸에 두르고 둥실 떠다니고 있었다.

'생각보다 경비가 삼엄하군요. 유그노 공작파 일행이 합류하다니 계산 밖입니다. 용건을 마치기 전에 이블 블랙 와이번을 보내 발을 묶는 것까지는 잘 풀렸습니다만, 이것

참…….'

레이스가 날카로운 눈초리로 리제롯테 일행을 관찰했다. 눈 아래, 아망드로 가는 리제롯테 일행이 머리 위 까마득한 곳에 있는 레이스를 알아차린 기색은 전혀 없었다.

'당초 목표는 리제롯테 크레티아의 신병이었는데, 이렇게 되면 습격 난이도가 올라가버리는군요. 하지만 플로라 왕녀도 함께 있는 것은 기쁜 오산. 잘 처신하면 유그노 공작파와 가르아크 왕국의 관계를 조종할 수 있겠어요.'

레이스가 엷고 차가운 미소를 입가에 그렸다.

이 기회를 놓칠 수는 없었다.

'그럼 조금 분발해볼까요? 아망드 습격 때까지 보존하려 했지만, 이 용사가 어디까지 성장했는지도 알아보고 싶고요.'

노와를 출발한 지 시간이 얼마 지나지 않았다. 어디쯤에서 걸어볼까— 레이스는 유쾌하게 눈가에 힘을 풀고 조금 더 관찰을 이어가기로 했다.

정령환상기

Ⅸ 제 7 장 Ⅸ ✳ 습격

그 뒤에도 리제롯테 일행은 레이스의 존재를 꿈에도 모르고 덜컹덜컹 마차를 따라 흔들리며 아망드로 가기 위해 숲속으로 이어지는 길을 나아갔다. 아까부터 리제롯테 일행이 탄 전방 마차 안에서는 끊임없이 환담이 이어졌다.

"그래서 그날은 방에 틀어박혀 책을 두 권이나 읽었고, 정신을 차리니 저녁이 되어서 언니가 기가 막혀 했어요."

플로라가 즐겁게 말했다.

"후후, 플로라 님은 독서를 좋아하시는군요."

"네!"

리제롯테가 흐뭇해하며 장단을 맞추자 플로라가 기뻐하며 대답했다.

'역시 말주변이 없는 게 아니야. 전에 우리 저택에서 대화했을 때도 화살이 돌아오면 제대로 대답했고…….'

리제롯테는 플로라의 표정을 보고 분석했다. 플로라는 말주변이 없다기보다는 소극적이었다. 말수가 적은 것도 그 때문이었다. 히로아키는 자기 이야기만 꾸역꾸역 하기 때문에 내버려두면 플로라가 말할 틈이 없었다.

같은 청취자 역할이어도 로아나는 잘 듣는다고 할까, 히로아키를 교묘하게 치켜세워 기분 좋게 떠들게 했다. 플로라와의 성격 차이가 잘 드러났다.

"아— 나는 하루에 열한 권을 읽은 적도 있어."

히로아키가 자기가 하루에 가장 많이 읽은 책 권수를 말했다.

"어머, 굉장하군요."

리제롯테가 감탄한 듯이 눈을 휘둥그렇게 떴다.

"역시 히로아키 님이세요. 그 속도로 책을 읽는데 머릿속에 정보가 들어오다니……."

로아나도 경외하는 눈빛으로 히로아키를 봤다.

"전문서적을 그렇게 읽는 건 무리지만, 오락용 대중소설은 자기 세계에 푹 빠질 수 있으니까. 무심코 시간을 잊고 독서에 몰두하는 일도 많았어."

히로아키가 득의양양한 표정을 지었다.

"저기, 저는 그렇게 빨리 읽지는 못하지만, 알 것 같아요. 저도 소설을 읽을 때는 특히 자기만의 세계라고 할까, 소설세계에 푹 빠져서……."

플로라가 머뭇거리며 말했다. 관심 있는 장르가 화제인 만큼 대화에 참여하기 쉬웠나 보다.

"두 분이 독서 중에 무슨 생각을 하고 어떤 세계에 있는지, 실례지만 조금만 보여주시겠습니까?"

리제롯테가 후훗 웃고 플로라를 보며 말했다.

"호오."

히로아키가 무슨 생각을 했는지 기뻐하며 씨익 웃었다.

"……제가 있는, 세계를요?"

한편, 플로라는 놀라서 눈을 동그랗게 떴다.

"네. 괜찮으시다면 들려주시겠습니까?"

리제롯테가 그렇게 물으며 플로라의 얼굴을 물끄러미 들여다봤다.

"음, 저는 소설 주인공을 저를 비추는 거울이라 생각하고 읽어요. 제게 없는 무언가를 가진 주인공이 제가 모르는 세계에서 활약하죠. 그 주인공이 무슨 생각을 하고 어떤 행동을 하는지 생각하다가 푹 빠져서, 정신을 차리면 제가 그 이야기 세계에 있는 것 같고 다양한 감정을 맛본다고 할까요…….."

플로라가 조금 부끄러워했다.

"아— 알 것 같아. 그런 좋은 작품은 손에 꼽지. 대부분은 설정과 전개 오류가 눈에 띄어서 그 영역까지 못 가."

히로아키가 한탄하며 말했다.

"그럼 히로아키 님이 말씀하신 자기 세계란…….."

리제롯테가 물으려고 하는 순간—.

"마차를 세워라! 근처에 마물입니다! 전원 전투태세!"

밖에서 아리아의 외침이 들렸다.

조금 뒤늦게 마차가 급정차했다.

"윽, 뭐야?!"

히로아키가 몸을 움찔하고 허둥지둥 차내를 둘러봤다.

리제롯테 일행이 탄 마차로 마물 습격 보고가 날아들기 직전.

'……묘하네요. 너무 조용합니다.'

아리아는 리제롯테가 탄 마차 앞에서 걸으며 날카로운 시선으로 양옆에 펼쳐진 숲을 둘러봤다.

"왜 그래? 아리아. 왠지 은근히 날카로운데. 주변 기사들의 시선이 거슬려?"

옆에 있던 코제트가 아리아의 날카로운 시선을 느끼고 말했다. 참고로 현재 대열 배치는 리제롯테 일행이 탄 전방 마차를 시녀대가 호위하고, 전체 대열 양옆을 스튜어드와 알폰스를 포함한 기사 대부분이 에워쌌다. 유그노 공작이 탄 후방 마차 호위와 후미를 대장 레이먼을 포함한 여러 기사가 맡았다.

"아닙니다."

아리아가 한숨을 쉬고 고개를 저었다.

"응? 시선, 느껴지잖아?"

코제트가 기쁜 듯이 후훗 웃었다.

"무기를 든 시녀를 처음 봐서 그런 거겠죠."

아리아가 아무렇지도 않게 말했다. 무장한 기사들과 비교해 시녀복을 입고 무기를 든 그녀들의 모습은 이색적이었다. 그중에도 할버드를 든 코제트가 이채를 띠었다.

"뭐, 그것도 이유겠지만, 그런 건 금방 익숙해지잖아? 그보다는 내 아름다움에 끌리는 것 같은데 어떻게 생각해?"

코제트가 자랑스럽게 말했다. 실제로 그녀는 평범한 사람보다 아름다웠다.

"그럼 너보다 아리아에게 주목이 쏠렸겠지."

근처에 있던 나탈리가 어이없다는 표정으로 말했다.

"시, 시끄러워. 아리아처럼 완벽하고 차가운 얼굴보다 나처럼 애교 있는 얼굴이 나아. 그렇지? 클로에."

코제트가 그렇게 반박하며 옆에 있던 견습 시녀 클로에에게 물었다.

"네? 저요?! 아니, 아, 아니, 그……."

클로에가 아리아와 코제트를 번갈아 보고 난처해하며 말을 잇지 못했다.

"진지하게 대답할 거 없어, 클로에."

나탈리가 탄식하며 클로에에게 말했다.

"아, 네. 그런데 선배들 모두 굉장히 예뻐요."

클로에가 쭈뼛쭈뼛 말했다.

"후후후, 고마워. 클로에는 착한 아이네."

"어머나, 한 방 먹었네. 클로에도 귀여운걸?"

나탈리와 코제트가 기뻐하며 웃었다.

"아, 아뇨, 저는……."

당황한 클로에의 얼굴이 새빨개졌다. 나탈리 일행이 흐뭇해하며 클로에를 바라봤다. 잠시 후—.

"그건 그렇고 호위 기사대장과 아는 사이지? 좀 거들먹거리긴 해도 잘생겼더라. 나중에 소개해줘, 아리아…….
앗, 또 무서운 표정. 진짜 뭐 신경 쓰이는 거라도 있어?"

코제트가 아리아에게 말했다.

"……너무 조용하지 않습니까?"

아리아가 주변을 경계하며 물었다.

"너무 조용하다고?"

나탈리와 코제트가 얼굴을 마주 보고 고개를 갸웃거렸
다. 클로에도 의아하다는 듯이 고개를 갸웃했다.

"숲이요. 마물이나 짐승 특유의 습한 기척이 안 느껴집
니다."

아리아가 더 구체적으로 명확하게 의문을 설명했다.

"기척이라니…… 분명 마물과 짐승의 공격이 없긴 한데,
짐승은 물론이고 마물도 이만한 수의 인간을 습격하는 일
은 거의 없잖아?"

코제트가 주위를 둘러보며 말했다.

들짐승은 신중한 생물이다. 영역 의식이 강한 녀석이거
나 산란기나 공복 상태인 경우가 아닌 이상, 인간을 공격
하는 일은 거의 없었다.

그에 비해 마물은 호전적인 지적 생명체다. 말은 못하지
만, 가장 약한 마물인 고블린도 간단한 도구를 사용하며
무리 지어 인간을 공격하기도 했다. 신마전쟁기에는 마왕
군 병사로 사역되기도 해서 인간족이 부정한 해수로 적대
시하는 섬멸대상이었다.

"아리아의 감각과 감은 믿음직하지만, 우리를 경계해서 거리를 두고 있을 가능성도 있잖아요?"

나탈리가 진지하게 말했다.

"이 주변은 아망드 모험가 길드 관할이고. 마물 떼가 나타난다면 바로 섬멸이야. 앗, 의외로 마물들도 그걸 알고 숲속에 틀어박혀 힘을 모으고 있는 거 아니야?"

코제트가 장난스럽게 웃으며 말했다.

"……그건 그거대로 오싹한 이야기네. 요즘 마물 수가 줄었다는 보고가 올라온 적 있어?"

나탈리가 얼굴에 불안한 그림자를 드리우고 살짝 몸을 떨었다.

"음— 두 달 전쯤에 마물 출현 수가 조금 준 것 같다고 모험가 길드에서 보고가 올라왔는데, 약간의 변동은 그다지 드문 일도 아니고……. 뭐, 검은 아룡 출현 건도 있으니 아망드로 돌아가면 조사해볼까?"

코제트가 생각에 잠겨 말했다.

"그래, 그러자. 하아, 제대로 된 휴가는 당분간 멀었구나……."

나탈리가 탄식하고 살짝 고개를 숙였다.

"윽, 듣기 싫은 말 하지 마……."

코제트가 얼굴을 굳혔다. 그 순간—

"마차를 세워라! 근처에 마물입니다! 전원 전투태세!"

계속 주변을 경계하던 아리아가 갑자기 외치고 마차를

막았다.

직후, 시녀들이 즉각 대응하며 리제롯테가 탄 마차를 에워쌌다.

"뭐? 마물? 어디에······?"

기사들이 의아해하며 주위를 둘러봤다.

당연한 반응이었다. 아리아에 대한 신뢰가 없어 행동이 늦었다.

"좌우 숲속, 엄청난 수의 마물이 숨어있습니다! 왜 여기까지 접근시켰지, 어서 방패를 세워라!"

아리아가 답답해하며 지시를 내렸다. 마차를 보호하는 시녀들 바깥쪽에 있던 기사들이 그 말에 따라 조금 느리게 손에 든 방패를 숲을 향해 세웠다. 다음 순간─.

"윽!"

엄청난 수의 돌이 날아와 기사들과 마차를 덮쳤다.

"꺄아?!" "으아아아?! 뭐야, 무슨 일이야?!"

마차 안에서 플로라와 히로아키의 비명이 들리는 것과 동시에─.

"《마력 장벽 마법》." $2매직 배리어

시녀들이 모두 손을 앞으로 뻗어 일제히 주문을 외웠다. 그러자 그녀들의 손에 술식─ 마법진이 떠오르고 마력을 에너지화한 투명한 장벽이 펴졌다.

그렇다. 《마력 장벽 마법》이란 말 그대로 마력 장벽을 펼쳐 외부 공격을 막는 마법이었다. 방어 성능은 장벽에 실은 마력과 전개 면적에 좌우되고 유지하기만 해도 마력을 소비했다.

따라서 상시 전개는 불가능하고 사용 가능한 때가 한정되지만, 선수를 빼앗겼을 때 태세를 정비할 시간을 벌기에 안성맞춤인 마법이었다. 지금이 바로 그때였다.

시녀들이 전개한 마력 장벽이 리제롯테 일행이 탄 마차를 에워쌌다. 이제 마차로 날아드는 돌은 전부 장벽에 부딪혀 튕겨져나가게 된다.

하지만 기사 중에 처음 날아온 돌에 다친 사람이 있는지, 돌 대부분은 방패로 막았지만 기사 몇 명은 다친 곳을 누르고 있었다.

투석은 가장 원시적인 원격 공격 방법이지만, 위력은 무시할 수 없었다. 무장하지 않은 인간은 맞는 곳에 따라 한 방에 전투불능이 될 수도 있기 때문이었다.

"큭, 중상자는 뒤로 물러나라. 기사부대는 그대로 방패를 들고 좌우 공격에 대비해라! 경솔하게 공격하지 마라, 마력도 보존해라! 유그노 공작 각하는 그대로 마차 안에서 몸을 숙이고 계십시오!"

유그노 공작파의 기사들을 이끄는 레이먼 대장이 대열 후미에서 괴로운 음색으로 지시를 내렸다.

"전방 마차 경호는 이대로 우리가 맡겠습니다!"

그러자 레이먼의 지시에 호응하듯이 아리아가 대열 전방에서 레이먼에게 말했다.

"……알겠다! 부탁한다, 아리아 군!"

레이먼이 부끄러움을 느끼며 승낙했다. 대답하기까지 약간 시간이 걸린 이유는, 출발 전의 회의에서 긴급 시의 역할 분담을 했다고는 하지만, 기사의 긍지 때문에 여자에게 기대는 데 거부감이 들었기 때문이었다. 그러자 투석이 일시적으로 멈췄다.

"길 뒤쪽에 마물입니다!"

"앞에도!"

길 옆의 숲에서 리제롯테 일행을 앞뒤로 협공하듯이 고블린과 오크 무리가 줄줄이 나타났다.

"말도 안 돼……. 백, 2백, 3백? 몇 마리나 있는 거야, 이거……?"

너무나 많은 수에 코제트가 자기도 모르게 얼굴을 굳혔다.

"……마물이 이렇게 계획적인 습격을?"

나탈리도 아연히 전방에 펼쳐진 마물들을 바라봤다.

"좌, 좌우 숲에서도 마물이 나옵니다!"

견습 시녀 클로에가 상기된 목소리로 외쳤다.

"……리제롯테 님, 긴급사태입니다. 마물 수가 너무 많아 마력을 보존하기 위해 장벽 마법을 해제하겠습니다. 마차 안에서 몸을 숙이고 밖으로 나오지 마세요. 투석 정도는 마차로 막을 수 있습니다."

아리아가 몇 초 생각하다 마력 장벽 마법을 해제하기로 하고 마차 안의 리제롯테에게 말했다.

"웃, 알았어!"

마차 안에서 바로 리제롯테의 대답이 돌아왔다.

"그러니 방어는 기사분들에게 맡기고 여러분은 좌우에서 마차로 다가오는 마물들을 목숨을 바쳐서라도 배제하세요. 전방의 적은 제가 배제하겠습니다. 제가 공격한 뒤, 장벽 마법을 해제하고 공격 개시. 알겠습니까?"

아리아가 시녀들을 보고 즉흥적으로 세운 작전을 짧게 전달했다.

"네!"

시녀들이 입을 모아 대답했다.

아리아는 고개를 끄덕이고 좌우의 기사들을 보며 외쳤다.

"좌우의 기사 여러분, 그대로 방어를 맡기겠습니다! 공격은 우리에게 맡기세요!"

그리고 전후좌우, 수많은 마물들을 앞에 두고 침착함을 잃었던 기사들이 몸을 움찔했다. 그들의 얼굴에 '고작 시녀가 뭘 할 수 있다는 거야?'라는 의문이 떠올라 있었다.

"《마력 포격 마법》."

아리아는 오른손으로 허리에 찬 검집에서 검을 뽑았다. 동시에 왼손을 앞으로 뻗고 주문을 외웠다. 직후, 아리아의 앞에 몇 미터 급의 거대한 마법진이 떠올랐다.

마법진의 빛이 아리아의 왼손에 모이고 잠시 후, 그곳에서 한 줄기 마력 포격의 빛이 뿜어져 나왔다. 순간, 앞에서 다가오던 마물들이 떠밀려 날아갔다.

"뭣……."

그 광경을 본 일부 기사들이 숨을 집어삼켰다.

지금 아리아가 사용한 것은 중급 상위 공격마법이었다. 습득 난이도를 나타내는 등급에 걸맞지 않은 마력을 소비하고, 사용 난이도가 높은 만큼 사용자의 기량에 따라 발동 시간이 달라지는 것도 단점이지만, 그 위력은 정평이 나있었다.

기사들이 놀란 것은 시녀가 그런 강력한 마법을 습득했다는 사실은 물론, 아리아가 발동하기까지 걸린 시간이 상당히 짧았기 때문이었다.

하지만 기사들이 놀라는 것도 잠시, 다음 순간에는 아리아가 홀연히 사라졌다. 아리아는 《신체능력 강화마법》$4 인챈트 피지컬 어빌리티 도 사용하지 않고 인간의 범위를 벗어난 속도로 전방의 마물들에게 육박했다. 그 비밀은 그녀가 든 고대 마도구급 마검에 있었다.$5에인션트 아티팩트 클래스

아리아가 든 마검의 검날에 새겨진 술식이 희미하게 빛났고, 주인인 그녀에게 강력한 신체강화마술을 부여했다. 다음 순간—.

"그악?"

대열 전방에서 다가오던 마물 중 한 마리의 목이 날아갔다. 아니, 두 마리, 세 마리, 네 마리, 다섯 마리, 마물의 목이 차례로 절단됐다.

마물은 자기들의 머리가 날아간 사실도 알아채지 못하고 이상한 표정을 지었다. 그러나 머리가 땅으로 떨어지고 분단된 자기 몸이 힘없이 서 있는 광경을 보고 그 사실을 깨달았다.

뒤늦게 목이 절단된 마물들의 몸이 털썩 소리를 내며 급속히 무너지기 시작했다. 그리고 순식간에 산산이 재가 되어 마석만 남기고 흔적도 없이 사라졌다.

"역시 머리 베는 아가씨. 믿음직하다니까."

한편, 코제트는 마차 곁에서 아리아의 전투를 보고 미소 지으며 아리아의 예전 별명을 불렀다.

"……목숨 아까운 줄 모르네. 아리아가 들으면 네 머리도 베어버릴걸."

나탈리가 기막힌 얼굴로 코제트를 봤다.

"아하하, 괜찮아, 괜찮아. 이 정도 거리인데……."

코제트가 가볍게 웃었다. 그러나 수십 미터 떨어져 싸우는 아리아와 순간 눈이 마주치자 몸이 굳었다.

"모, 못 들었겠지?"

그리고 굳은 미소를 지으며 말했다.

"몰라. 그보다 우리도 지시대로 공격하자."

나탈리가 매정하게 고개를 젓고 양옆의 숲을 둘러봤다. 양옆에 퍼진 마물들도 아리아의 압도적인 전투능력에 눈을 빼앗긴 모양이었으나, 이성을 되찾았는지 괴성을 지르며 기사들을 마주 노려봤다.

"……그래. 그레이스!"

코제트가 한숨 쉬며 고개를 끄덕이고 가까이 있던 다른 시녀를 불렀다.

"왜?!"

그레이스라고 불린 여자가 험악한 표정을 지으며 대답했다.

"오른쪽 마물은 나랑 나탈리랑 클로에 셋이면 충분해. 너희는 넷이서 왼쪽 마물을 상대해줘. 그쪽 지휘는 맡길게."

"알았어. 가자!《신체능력 강화마법》."

코제트가 지시를 내리자 그레이스가 바로 승낙하고 신체능력을 강화하는 마법 주문을 외웠다. 다른 시녀들도 이어서 주문을 외웠다. 그러자 그녀들의 몸을 기점으로 마법진이 떠올랐다. 마법진이 둥글게 회전하며 몸을 감싸 사용자의 신체능력을 강화하는 마법이 발동됐다. 다음 순간, 그레이스 일행이 일제히 뛰쳐나갔다.

코제트가 그것을 확인하고—.

"클로에, 너는 전방을 경계하면서 오른쪽 기사분들의 뒤에서 《광탄마법》으로 다가오는 송사리를 청소해. 그리고 돌을 던지는 마물이 있으면 적극적으로 노려. 아군이 맞지 않도록 구석에 있는 적부터 노리는 거다?"

견습 시녀 클로에에게 지시를 내렸다.

"네!"

클로에가 딱딱한 목소리로 대답했다.

"자, 그럼 간다? 나탈리."

코제트가 할버드를 들고 요염하게 웃으며 물었다.

"그래, 언제든 괜찮아."

나탈리가 단검 두 자루를 들고 고개를 끄덕였다.

"《신체능력 강화마법》."

코제트와 나탈리가 주문을 외웠다. 마법진이 떠올라 그녀들의 신체능력을 강화하자 둘이 일제히 오른쪽 숲으로 뛰쳐나갔다.

◇ ◇ ◇

판세가 어지럽게 바뀌는 가운데, 프로키시아 제국의 대사인 레이스는 머나먼 상공에 떠서 전투 상황을 내려다봤다.

'……엄청난 분이 한 분 계시군요. 과연 리제롯테 크레티아의 심복입니다. 정말, 엄청난 호위가 다 있네요. 섣불리 다가가면 지금의 저로서는 당해내지 못하겠어요. 상성이 나쁩니다.'

레이스가 날카로운 눈으로 아리아를 내려다봤다.

아리아는 단독으로 마물을 압도했다. 이 기세라면 전방에 있는 모든 마물을 홀로 섬멸하리라.

'좌우 방어도 두텁군요. 전방에 있는 사람만큼은 아니지만, 리제롯테 크레티아의 부하들은 모두 실로 우수해요. 그들의 활약으로 침착함을 잃었던 기사들도 진정하고 대

응할 여유가 생겼습니다. 선제공격 어드밴티지는 거의 없어졌다고 봐도 되겠군요.'

측면 기습을 몹시 경계하는지 기사 대부분이 좌우로 나뉘어 방패를 들고 바리케이드를 만들었다. 거기에 리제롯테가 자랑하는 시녀들이 전면에 나서서 다가오는 마물을 물리치고 있으니, 쓰러뜨리기가 쉽지 않으리라.

'그래도 파고들 틈은 있죠. 노릴 곳은…….'

레이스가 대열 후방을 봤다. 그곳에는 기사대장인 레이먼이 여러 부하를 이끌고 마물의 접근을 막고 있었다. 《광탄마법》으로 숫자만 많은 소형 고블린을 배제하며 대형 오크를 근접전투로 격퇴하고 있었으나, 전방과 좌우보다는 무너뜨리기 쉬워 보였다.

'전방에서 활약하는 이가 마물을 무찌르는 속도가 생각 이상입니다. 고블린이나 오크 정도로는 상대도 안 되겠군요. 뭐, 그건 어떻게 운용하느냐에 따라 다르지만…….'

레이스가 작게 목을 울리고 다시 아리아를 봤다.

'플로라 왕녀와 리제롯테 크레티아는 마차 안, 어느 마차인지는 모르나 용사도 함께 탔을 거라 보는 게 맞겠죠. 당장 나설 기색은 안 보입니다만…….'

생각에 잠긴 표정으로 일렬로 서 있는 두 대의 마차를 내려다봤다.

'우선 투석부대에 두 대의 마차를 집중적으로 노리라 하고, 좌우와 후방에 대기 중인 증원을 보낼까요. 안 나오면

이쪽에서 마차를 찔러보면 되는 겁니다.'

레이스가 즐겁게 웃었다.

한편, 리제롯테 일행이 숨은 마차 안에서는─.

"이봐, 바깥 상황은 어때? 괜찮겠지?"

히로아키가 짐칸 바닥에 무릎을 끌어안고 앉아 안절부절못하고 무릎을 달달 떨었다. 이제 몇 번째인지 모를 질문을 세 소녀에게 던졌다.

"괜찮습니다. 밖에 있는 제 시녀들, 특히 아리아는 정예중의 정예이고 유그노 공작파에 소속된 기사님들도 계십니다."

리제롯테는 첫 실전에 흥분한 히로아키를 진정시키기위해 냉정한 목소리로 분명하게 말했다.

"……아─ 그런데 이 세계의 길은 원래 이렇게 험해? 습격한 지 시간이 꽤 지났는데, 기사들이 이렇게 많은데 아직도 전투가 끝나지 않은 건 어떻게 된 일이야?"

히로아키가 거칠게 항의하고 불안하게 실내를 둘러봤다.

그가 두려워하는 것은 지금 이 순간에도, 마차 밖에서 끊이지 않고 큰소리로 지시가 난무하며 때때로 화난 목소리가 울려 퍼졌기 때문이었다. 기분 탓인지 아까부터 마차에 맞는 돌의 수가 늘어난 것도 좋지 않았다.

"용사님, 밖에 있는 사람들을 믿죠."

플로라가 히로아키에게 말했다.

"공교롭게도 상황이 이렇게 됐잖아. 밖에서는 상황 설명도 제대로 안 하고, 모르는 놈들은 안 믿어. 믿는 놈이 바보지. 누가 책임질 건데?"

히로아키가 완전히 여유를 잃고 화난 목소리로 말했다. 불안한 것은 같이 있는 소녀들도 마찬가지인데 자기만 피해자라고 생각하는지, 이 상황을 남 탓으로 돌리지 않고는 가만히 있을 수 없는 모양이었다.

"……네."

플로라가 풀이 죽어 고개를 숙였다.

'마물이 습격한 거니까 이왕이면 밖으로 나가서 마물한테 욕했으면 좋겠네. 지금이라면 지껄이고 싶은 대로 지껄일 수 있으니까. 그렇게 큰소리치며 우리를 지키고 싶다고 했으면서 실전이 벌어지니까 이래? 자랑하던 야마타노오로치는 어쨌는데, 정말!'

리제롯테는 히로아키에게 쏘아붙이고 싶었지만, 대신 어이없는 마음을 담아 작게 한숨을 내쉬었다. 그리고 플로라의 손을 꼭 잡았다.

"아."

플로라가 얼굴을 들고 리제롯테의 얼굴을 봤다.

"죄송합니다. 부끄럽게도 겁이 나서. 플로라 님의 손을 잡아도 괜찮을까요?"

리제롯테가 플로라에게 다정히 미소 지었다.

"……네!"

플로라가 안심했는지 고개를 끄덕였다. 연약한 두 소녀의 대화를 지켜보고 뭔가 느낀 점이 있었는지—.

"아— 로아나도 무섭지? 여차하면 내가 야마타노오로치의 힘을 해방해서 지켜줄게. 걱정하지 마."

히로아키가 조금 겸연쩍게 로아나의 손을 잡았다.

"믿음직스러워요."

로아나가 히로아키에게 몸을 기댔다.

마차 안에 한동안 침묵이 흘렀다.

"그런데 바깥이 이렇게 혼란스러운데 바깥 상황을 하나도 모르는 건 좋지 않은데. 이런 때에 지휘관은 무슨 생각을 하는 거야?"

히로아키가 침묵을 견디지 못하고 입을 열었다.

"그 말씀이 맞아요. 전투가 끝나면 제가 지휘관에게 보고하라고 하겠어요."

로아나가 즉각 히로아키가 원하는 말을 했다.

"그래. 어, 으악?! 이번 건 큰데."

히로아키가 고개를 끄덕이는 순간 마차 짐칸에 쾅하고 돌이 부딪치는 소리가 울려 퍼졌다. 히로아키의 불안에 다시 불이 붙었다.

"……이봐, 이 마차 짐칸이 강철판으로 덮여 있긴 하지만, 차 높이 때문에 오히려 노려지기 쉽지 않아?"

히로아키가 화난 목소리로 투덜거렸다.

"괜찮습니다. 투석으로는 이 마차 벽을 뚫지 못해요."

플로라가 격려하듯이 말했다.

"하지만 반대로 말하면 투석 이상의 공격을 당하면 위험하다는 거잖아? 아니라는 보장은? 최악의 사태를 생각해서 행동해야 해. 난 외부와 차단된 이 상황에 한 군데에 모여 있으면 위험하다고 생각해."

히로아키는 완전히 부정적인 생각에 빠져버렸다. 게다가 냉정함도 잃었다.

'정말 성격 한번 짜증 나네, 진짜.'

리제롯테가 답답함에 눈을 찌푸렸다. 긴급한 상황에서 최악의 사태를 상정하는 것 자체는 나쁘지 않지만, 주변에 공격적으로 의견을 강요하는 것은 최악이었다.

얼마든지 반대 의견을 제시할 수 있지만, 열이 오른 상대에게 무슨 말을 해도 들을 턱이 없었다. 괜히 오기가 생겨 더 열만 낼 터였다.

그때—.

"으아아?!"

"꺄악!"

콰광, 천장에서 무언가가 부딪치는 소리가 울려 퍼지고 마차가 크게 흔들렸다. 히로아키와 플로라가 참지 못하고 비명을 질렀다. 리제롯테는 황급히 플로라를 감싸듯이 끌어안고—.

'뭐, 뭐야?!'

천장을 올려다봤다.

철판으로 만든 천장이 움푹 파였다.

"뭐…… 뭐가 떨어진 거야?! 머리 위에도 마물이 있는 건 아니겠지?"

히로아키가 놀라서 눈을 크게 뜨고 소리 질러댔다.

"모릅니다!"

리제롯테가 마침내 본심을 드러냈다. 모르는 건 모른다.

'하는 수 없지. 내가 밖으로 나가 조사하는 수밖에.'

호위대상이 자발적으로 전장으로 나가다니 원래는 있을 수 없는 일이지만, 이제는 이론을 준수할 여유가 없을 정도의 긴급사태였다.

"큭, 더, 더는 안 돼! 바깥 상황도 모르고 이런 곳에 있을 수는 없어! 나가자!"

리제롯테의 결심과 동시에 히로아키의 인내심도 한계를 맞았다. 신장 『야마타노오로치』를 좁은 마차 안에서 현현해 들고 로아나의 손을 잡아당기며 마차 문을 열었다.

"히, 히로아키 님?! 기다려주세요!"

로아나가 간언했지만, 들을 리가 없었다. 그대로 마차 밖으로 뛰쳐나갔다. 마차 안에 남은 것은 리제롯테와 플로라뿐이었다.

"용사님?! 윽, 아, 진짜, 성가시네!"

리제롯테가 속이 상해 얼굴을 찌푸리며 일어섰다.

"저, 저기, 어떡하죠?! 용사님을 쫓아가야—!"

플로라가 당황해서 이성을 잃었다.

"……바깥 상황을 확인하겠습니다. 절대로 제 곁을 떠나지 마세요."

리제롯테가 순간 고민하더니 플로라의 손을 잡아 일으켜 세웠다. 마차 안에 두고 갈 생각도 했지만, 아무도 안 보는 사이에 혼자 움직이면 더 곤란했다.

"네, 네!"

그리하여 리제롯테와 플로라도 마차 밖으로 나갔다.

정령환상기

◀ 제 8 장 ▶ ✴ 궁지

히로아키 일행에 이어 마차 밖으로 나온 리제롯테는—.

"《마력 장벽 마법》."

얼른 주문을 외워 투석에 대비했다. 그리고 조심스럽게 주위를 둘러봤다. 그곳은 그야말로 전장이었다. 전후좌우를 압도적인 수의 마물이 둘러쌌고 마물들의 접근을 막기 위해 기사들이 몸을 던져 방파제를 만들었다.

'뭐, 야, 이게? 이렇게 많은 마물이 숲에 숨어 있었다고……?'

리제롯테가 깜짝 놀라 눈을 휘둥그렇게 떴다.

하지만 바로 정신을 차렸다.

"플로라 님, 이쪽으로. 자세를 낮추세요."

플로라의 손을 잡아당겨 마차 밖으로 나오게 했다. 동시에 상공을 올려다봤지만, 머리 위에서 공격한 것으로 보이는 마물은 보이지 않았다.

"네, 네."

플로라가 겁먹은 표정으로 마차에서 내렸다.

'용사는…… 저기 있다!'

자세를 낮추고 머리 위와 주변에 마력 장벽을 펼친 리제롯테는 부근을 둘러보며 히로아키와 로아나를 찾았다. 곧 마차 근처에 웅크린 두 사람을 발견했다. 로아나가 마력 장벽을 펼쳐 투석으로부터 몸을 보호하고 있었다.

"어, 어! 너희도 내렸구나!"

히로아키가 리제롯테와 플로라를 보고 겁먹은 얼굴로 말했다. 그러나 주변 소리가 엄청나서 듣기 어려웠다.

"무사하셨습니까."

리제롯테가 플로라의 손을 잡아당겨 히로아키 일행과 충분히 가까워지자 안도의 한숨을 쉬고 말을 걸었다. 이런 용사라고 해도 죽으면 곤란하다고 생각하며.

"무사……하지는 않지. 이게 어떻게 된 거야?! 이길 수 있겠어?!"

히로아키는 혼잡한 전장의 분위기를 접하고 겁에 질렸다.

사람에 가깝게 생긴 추악한 마물들이 자기들을 죽이기 위해 광기 어린 눈으로 이쪽을 향해 울부짖으며 다가왔다.

한편, 마물을 공격하는 기사들의 눈도 심상치 않았다. 명확한 살의를 담고 마물들을 노려보며 노성을 질렀다.

"……비전문가인, 보호받는 처지인 저희가 판단할 수 있는 것이 아닙니다. 하지만 진형을 잘 갖춘 것으로 보이니 버텨주기를 기도하죠."

리제롯테는 불필요하게 희망을 품을 말은 하지 않았다.

"이봐, 뭐야, 뭐냐고, 이 거지 같은 세계는. 능력을 손에 넣은 용사가 첫 전투에서 대활약하는 순서잖아. 이런 현실은 아무도 바라지 않아."

히로아키가 중얼거리기 시작했다. 용사로서 범인을 초월한 힘을 가졌음에도 정신적으로 패배했다. 사람은커녕

동물도 죽이지 못하는, 평화를 당연한 듯이 누리고 살아 그 의미도 제대로 모르는 사람이 대활약할 수 있는 무대는 없었다. 히로아키에게는 각오와 필사적인 마음이 압도적으로 부족했다.

"로아나 님, 플로라 님을 그 안으로 모셔도 될까요? 저는 마법으로 부상자를 치료하러 가겠습니다."

리제롯테가 실망스러운 한숨을 내쉬고 로아나에게 말했다. 더는 히로아키에게 할애할 시간이 없었다.

"……물론이에요. 부디 잘 부탁드립니다."

로아나가 부끄러운 표정을 지으며 깊이 고개를 숙였다. 쓰러진 사람은 전부 벨트람 왕국 기사들이었다. 뭔가 짚이는 바가 있는 것 같았다.

"그럼."

리제롯테가 그 말만 남기고 떠나려고 했다.

"어, 어이, 기다려, 리제롯테! 어디 가?! 위험해!"

그러자 히로아키가 정신을 차리고 리제롯테를 불렀다.

"바로 이 근처입니다. 부상자를 구하러 갑니다."

리제롯테가 돌아보지도 않고 대답하며 이동했다.

"안 돼, 남아! 그러다 네가 위험해지면 어떡해?! 그런 거 흔해빠진 짜증 나는 전개라고! 젠장, 야!"

히로아키가 소리쳤으나 리제롯테는 멈추지 않았다. 리제롯테는 방패를 든 기사들 뒤에 다쳐서 기절해 있는 기사에게로 갔다.

"괜찮아요? 의식은 있습니까?"

말을 걸고 의식을 확인했다.

"윽……."

기사는 명확하게 대답하지 않았다. 아무래도 첫 투석을 머리에 맞은 모양이었다. 피를 흘리고 축 늘어졌다.

'이러면 치료해도 바로 참전하지 못해. 서둘러야…….'

그 밖에도 부상당한 기사가 있었는데 그쪽은 다리가 부러져 움직이지 못하는 것 같았다. 그쪽은 의식이 있으니 이쪽이 더 급했다.

"《치료마법》."

리제롯테는 주문을 외우고 치료를 시작했다. 환부로 손을 뻗자 마법진이 떠오르고 치료의 빛이 빛났다.

"아가씨! 왜 이곳에?!"

치료하고 있자 마침 지나가던 아리아가 눈을 크게 뜨고 말을 걸었다. 조금도 더러워지지 않은 시녀복을 입고 검을 휘두르는 그 모습은 이 전장에서 가장 눈에 띄었지만, 동시에 더할 나위 없을 만큼 잘 어울려서 아주 믿음직했다.

"부상자 치료. 엄청난 위력의 무언가가 위에서 떨어져서 마차 지붕이 움푹 파였어. 그보다 현재 상황은 어때?"

리제롯테가 의연하게 설명한 뒤 현재 상황을 물었다.

"……좌우와 후방이 수세에 몰렸습니다. 전방의 마물은 거의 처리해서 다른 시녀들에게 잔당을 맡기고 저는 후방을 지원하러 가는 중입니다."

아리아는 뭔가 말하고 싶은 듯했으나 한숨을 내쉬고 설명했다.

"그래. 그럼 얼른 정리하고 와줘. 의지하고 있으니까."

리제롯테가 천진난만한 미소를 지었다.

"……알겠습니다. 바로 돌아오겠습니다."

아리아는 살며시 미소 짓고 인사를 올린 뒤, 인간의 범주를 벗어난 속도로 그 자리를 떠났다. 고전하는 대열 후방으로 향했다.

'좋아, 나도 내가 할 수 있는 일을 해야…….'

리제롯테는 기합을 다지고 치료를 계속했다.

한편 상공에서는―.

"후후, 후방으로 갔군요."

레이스는 지금도 전장을 내려다보고 있었다. 이 순간, 전장은 지금까지 레이스의 계획대로 움직였다. 아리아가 대열 후방으로 지원하러 가는 것을 확인하고―.

"그럼 저도 비장의 수를 꺼내도록 할까요."

레이스가 입가를 일그러뜨리고 악마 같은 미소를 지으며 지상의 숲으로 내려갔다.

아리아는 대열 후방을 지원하여 레이먼 일행과 협력해 마물을 소탕하기 시작했다. 아리아가 치고 나가자 방어선이 단번에 올라갔다.

"대단한데……."

레이먼이 최전선에서 검을 휘두르는 아리아의 뒷모습을 보고 자기도 모르게 넋을 잃었다.

사방에서 공격하는 수많은 마물의 공격을 가볍게 피하며 정확하게 목을 날려 확실하게 죽였다. 그 움직임이 마치 바람에 춤추는 우아한 꽃잎 같았으나, 마물의 수는 무서운 속도로 줄었다.

"저 마검의 힘인가? 아니, 자기 자신의 힘인가, 저건……."

레이먼은 마음이 복잡했다. 자기보다 몇 살 어린, 원래는 보호해야 하는 대상인 가냘픈 여자가 지금 이 자리에 있는 누구보다 강했다.

'어릴 때 내가 알던 그녀와는 달라. 아니, 분명 학원에서 검술 성적이 아주 좋다는 말을 듣긴 했지만…… 천재잖아.'

설마 이 정도일 줄은 상상도 못 했다. 레이먼이 오크 한 마리를 해치우는 사이, 아리아는 열 마리에 가까운 고블린과 오크를 쓰러뜨렸다.

'그녀의 검은 왕의 검에도 필적한다.'

레이먼은 아리아가 싸우는 모습을 보고 확신했다.

"이 정도라면 이쪽 마물 처리도 저 하나로 충분할 것 같습니다. 좌우와 전방을 지원해주시겠습니까?"

그때, 아리아가 뒤로 물러나 레이먼에게 담담히 말했다.

"이쪽도 라니…… 아니, 그런가, 그런 건가…….."

레이먼은 놀라서 숨을 삼켰지만, 바로 사정을 이해했다. 전방에서 오던 마물들도 아리아가 혼자서 처리했으리란 것을. 그러나 기사의 긍지 때문에 한 여자에게 의지하는 이 상황에 부끄러움을 느끼고 말이 막혔다.

"왜 그러십니까?"

아리아가 이런 상황에도 평소와 다르지 않은 목소리로 레이먼에게 물었다.

"아니…… 그렇, 군. 이곳은…….."

레이먼이 갈등하고 동의하려고 하는 순간―.

"크아아아아!"

주변에서 여러 개의 무시무시한 포효가 울려 퍼졌다.

"뭐지?! 뭣…….."

레이먼은 황급히 포효가 들린 방향을 보고 놀라서 말이 막혔다. 대열 후방 쪽 길에서 다가오는 마물들, 그 뒤에― 사람처럼 생긴, 사람이 아닌 게 분명한 이형의 괴물들이 우뚝 서 있었다.

그 이형의 괴물들의 이름은 레버넌트. 예전에 리오 일행이 아망드 근교 바위 집에서 지냈을 때, 결계의 마력에 이끌려 공격했던 정체불명의 마물이었다.

"저, 저런 게, 있었나? 저것도 마물인가?!"

레이먼이 참지 못하고 소리쳤다. 그 외에도 숲에서 마물들이 줄줄이 나왔다.

"모르겠습니다. 하나, 둘, 셋…… 열두 마리군요."

아리아가 냉정하게 레버넌트의 수를 셌다. 검은색이 세 마리, 회색이 아홉 마리.

'색 차이에 의미가 있다고 보는 게 좋겠습니다. 아가씨는…… 아뇨, 다른 시녀들도 있고 제가 자리를 떴다가 이쪽으로 침입하면 귀찮아요. 얼마나 강한지는 모르지만, 가능한 한 빠르게 정리해야겠습니다.'

아리아는 리제롯테를 떠올리고 망설였지만, 곧 마음을 굳히고 자신이 할 일을 판단했다.

"해야 할 일은 변함없습니다. 새로 나타난 인간형의 저것들을 적대 마물로 가정하고 처리하겠습니다. 저 혼자서 대처할 수 있다면 여러분은 다른 곳으로 지원 가서도 괜찮습니다."

그 말을 남기고 다시 마물들을 향해 치고 나가려고 했다.

"음머어어어어!"

그러나 이번에는 숲속에서 무시무시한 포효가 들려 발을 멈췄다. 대기가 진동하고 나무가 흔들릴 정도로 무시무시한 포효였다.

"……이번에는 뭐죠?"

아리아가 성가시다는 듯이 탄식했다.

직후, 쿵, 쿵, 쿵, 땅을 울리며―.

"음머어어어어어!"

길 위의 레버넌트 뒤로, 숲 옆에서 칠흑의 미노타우로스가 뛰쳐나왔다.

"뭣⋯⋯."

반석 대검을 든 그 거구에, 그 광경에, 모두가 말을 잃었다.

"⋯⋯해야 할 일은 변함없습니다."

그런 와중에 아리아는 누구보다 먼저 새로 나타난 마물들을 향해 달려나갔다.

한편, 레버넌트의 울부짖음은 대열 가운데에 있는 리제롯테에게도 들렸다. 그리고 그 뒤에 들린 미노타우로스의 포효에 몸을 떨고 숲에서 사납게 등장하는 것을 목격하고―.

'거짓말, 이지⋯⋯?'

리제롯테는 다친 병사를 치료하며 몸을 굳혔다. 그 눈이 대열 후방에 우뚝 선 미노타우로스에게 고정됐다. 신장 4미터는 될 법한 그 거구는 대열 중앙 쪽에 있는 리제롯테에게도 잘 보였다.

대규모 마물 떼에 저렇게 흉포하고 거대한 마물까지 아망드 근처에 숨어 있었다니 대체 뭐가 어떻게 된 건지, 전혀 예상 못한 사태였다.

그러자―.

"저, 저건, 설마 그때……?!"

리제롯테의 바로 옆에서 로아나의 목소리가 들렸다.

"로아나 님, 저 마물을 아십니까?!"

리제롯테가 소리쳐서 로아나에게 물었다.

"미, 미노타우로스예요! 신마전쟁기에 맹위를 떨쳤다는 전설의 마물!"

로아나가 겁이 난 목소리로 비명을 지르듯이 말했다. 바로 옆에 있던 히로아키는 말을 잃고 멍하니 있었고, 플로라는 몸을 덜덜 떨었다.

그럴 만도 했다. 예전 왕립학원 시절, 플로라와 로아나는 저 괴물의 습격을 받고 쫓기는, 트라우마 급의 괴로운 체험을 했었다. 당시, 학원 학생이었을 때는 손쓸 엄두도 안 났는데, 성장한 지금도 이길 수 있을 것 같지 않았다.

'냉정한 로아나 님이 저렇게 당황하시다니…… 상당히 위험한 놈인가 보군.'

리제롯테는 심장을 움켜잡힌 것처럼 거센 박동을 느꼈다. 솔직히 지금 당장 이 자리에서 도망치고 싶었다. 그러나 도망칠 곳은 없었다.

"이봐, 이러면 끝난 거잖아……."

히로아키가 중얼거렸다.

"꺄아아아?!"

그때, 리제롯테 일행과 가까운 곳에서 엄청난 땅 울림이 일고 풍압으로 모래 먼지가 휘몰아쳤다. 플로라가 참지 못하고 비명을 질렀다. 살짝 눈을 뜨니 그곳에는—.

"무슨, 어디에서……."

다른 미노타우로스가 서 있었다. 길 옆의 숲에서 뛰쳐나와 방패를 든 기사들의 머리 위를 뛰어넘어 대열 한가운데, 리제롯테 일행이 탔던 마차 바로 옆에 나타났다. 그 손에 반석 대검을 들고 있었다.

"하, 하하…… 저기에도 있어."

히로아키가 주저앉아 대열 전방의 길을 가리켰다. 그곳에는 어느새 똑같이 반석 대검을 든 미노타우로스 두 마리가 있었다. 이것으로 전부 네 마리.

"그흑."

바로 옆의 미노타우로스가 리제롯테 일행을 내려다보고 무시무시하게 웃었다.

플로라와 로아나가 "히익" 하고 겁을 내며 비명을 흘렸다. 양옆에 있던 기사들도 참지 못하고 길 안쪽을 향해 돌아서서 겁을 집어먹은 듯이 방패를 세웠다.

"윽……."

리제롯테는 몸을 움찔하고 숨을 삼켰다. 비명을 지르지 않은 것만으로도 훌륭했다. 눈앞에 선 미노타우로스가 반석 대검을 든 손에 힘을 줬다.

"위, 위험해……."

일섬, 오른쪽 아래에서 왼쪽 비스듬히 위로 대검을 휘둘렀다. 리제롯테 일행이 탔던 마차가 거칠게 날아가 말과 함께 숲 쪽으로 사라졌다.

다행이라고 해야 할지 마차 옆에 있던 히로아키 일행은 헛스윙으로 무사했다. 방패를 든 기사 몇 명이 마차 파편에 부딪쳐 가볍게 날아갔다.

"윽……."

기껏 만든 좌우 방어 라인이 무너졌다. 숲속에는 지금도 시녀들과 싸우는 마물들도 있었다.

"그흐윽, 윽?!"

즐겁게 웃은 미노타우로스가 이번에는 반석 대검을 수직으로 쳐올렸다. 그때, 무언가에 겁을 먹은 듯 우뚝 멈췄다. 잠시 후, 리제롯테를 향해 천천히 다른 손을 뻗었다.

"거짓, 말……."

리제롯테는 얼른 옆으로 피하려 했지만, 다리 힘이 풀렸는지 무언가에 묶이기라도 한 것처럼 움직일 수 없었다.

"리제롯테 님! 큭?!"

그러자 양쪽 숲에서 리제롯테를 걱정하는 시녀들의 목소리가 들렸다.

그러나 양쪽 숲에 판치는 마물 떼 속에 어느 틈엔가 섞여 들어간 레버넌트가 시녀들을 공격했다.

"리제롯테 님!"

그 순간, 이번에는 아직 앳된 소녀의 목소리가 울려 퍼졌다. 견습 시녀 클로에다. 다른 시녀들과 달리 길 안쪽에 있었던 덕분에 레버넌트에게 공격당하지 않았다.

클로에는 리제롯테를 끌어안듯이 몸을 던져 아슬아슬하게 다가온 미노타우로스의 손을 피했다.

"꺅, 클로에?!"

"괘, 괜찮으십니까? 리제롯테 님!"

클로에가 바닥에 넘어져 비명을 지른 리제롯테에게 물었다.

"고, 고마워. 괜찮은, 데⋯⋯."

위기는 사라지지 않았다. 미노타우로스는 헛손질한 손을 일단 거두고 이번에는 클로에와 리제롯테를 함께 잡으려고 했다. 구출극에 화가 났는지 아까보다 손놀림이 재빠르고 거칠었다.

"윽!"

클로에는 필사적으로 리제롯테를 끌어안고 주인을 지키려고 했다. 그러나 미노타우로스의 마수는 그들을 붙잡기 일보 직전이었다. 리제롯테 일행의 표정이 얼어붙었다.

이제 끝이다. 이 상황에 절망한 모두가 그렇게 생각했다.

"⋯⋯윽?!"

그때, 리제롯테의 옆을 한 줄기 바람이 훑고 지나갔다. 마치 칠흑빛 섬광이 내달리는 것 같았다.

직후, 칠흑의 섬광이 엄청난 소리를 내며 미노타우로스의 거구와 충돌했다.

그런가 싶더니 반석 대검을 든 미노타우로스의 오른 손목이 분리됐다. 아니, 절단됐다. 검은 섬광이 날려버렸다.

힘을 잃은 미노타우로스의 오른손에서 반석 대검이 빠져나와 하늘 높이 떠올랐다.

"그어……?!"

검은 섬광은 엄청난 속도를 죽이듯이 미노타우로스의 거구를 걷어차 브레이크를 걸었다. 그대로 미노타우로스의 몸을 박차고 공중으로 도약해 몸을 틀어 공중에 떠 있는 미노타우로스의 대검을 잡았다.

리제롯테는 그 아름다운 일련의 동작에 마음을 빼앗겼다. 그곳에는 칠흑의 코트를 두른 회색 머리카락 소년이 있었다. 나이는 리제롯테 또래.

"그으……?"

미노타우로스는 무슨 일이 일어났는지 이해하지 못했는지 몇 걸음 크게 뒷걸음질 치다 자세가 무너져 벌러덩 쓰러져 머리 위를 올려다봤다.

"흡!"

그러자 칠흑 코트를 두른 회색 머리카락 소년이 반석 대검을 미노타우로스를 향해 엄청난 속도로 집어 던졌다.

"윽, 아악?!"

반석 대검이 본래 주인의 뜻을 반하고 미노타우로스의 몸을 가볍게 꿰뚫었다. 바닥에 꿰인 미노타우로스가 참지 못하고 비명을 질렀다.

뒤이어 칠흑 코트를 두른 회색 머리카락 소년이 반석 대검 손잡이 끝에 가볍게 착지했다. 오른손에는 아름다운 비취색 보석이 박힌 보검을 들고 있었다.

　리제롯테가 멍하니 그 소년을 올려다보자—.

　"돕겠습니다."

　회색 머리카락 소년이 나이에 맞는 젊고 생기 있는 목소리로 말했다.

정령환상기

𝕂 막간 𝕁 ✽ 그 무렵, 영웅과 암약자는……

미노타우로스와 레버넌트가 나타나기 조금 전. 리오, 아이시아, 세리아는 아망드를 향해 숲 상공을 날고 있었다.

"하루토, 저 주변에 큰 전투가 일어났어."

그때, 아이시아가 진행 방향 아래를 가리키며 말했다.

"……그런가 봐. 저 일대의 오드가 거칠어."

리오가 얼른 아이시아가 가리킨 주변을 내려다보더니 고개를 끄덕였다.

"나는 아무것도 안 보이는데……."

리오에게 안긴 세리아도 응시했지만, 마력이 보일 리 없었다.

"싸우는 한쪽은 마물."

아이시아가 전투 당사자 중 한쪽을 단정했다.

"어떻게 알아?"

리오가 물었다.

"정령과는 다르지만, 마물은 마물대로 독특한 기분 나쁜 기척을 내. 저 일대에 많은 마물의 기척이 느껴져."

아이시아가 설명했다.

"그렇구나. 그럼 공격당하는 쪽은 사람이야?"

"아마도."

"……일단 상황을 볼까. 아망드 근처고, 좀 위험해."

리오가 잠시 생각한 뒤, 그렇게 말했다.

"알았어."

아이시아가 고개를 끄덕이자 리오 일행은 현장 상공으로 접근했다.

"기사? 아무래도 귀족이 공격당하는 모양이에요. 엄청난 수의 마물에게 둘러싸여 있는데요……."

리오가 눈 아래 펼쳐진 광경을 관찰하고 마물과 싸우는 사람들의 대략적인 신분을 파악했다.

"《신체능력 강화마법》. ……정말 엄청난 수야. 괜찮을까?"

세리아가 신체능력을 강화하는 마법으로 시력을 끌어올리고 불안해하며 물었다.

"고블린과 오크 떼. 다수 대 소수이지만, 버틸 수 있을 것 같네요. 사망자도 없는 것 같고요……."

안심할 수는 없다고 리오는 생각했다.

마법으로 신체능력을 강화한 기사들이라면 한 마리 기준으로는 고블린과 오크보다 실력이 뒤지지 않겠지만, 다수 대 소수인 혼전이면 이야기가 달랐다.

"한 명, 엄청 강한 사람이 있어."

아이시아가 길 위에 홀로 나와 싸우는 여자, 아리아를 가리켰다.

"……정말이네. 강력한 신체강화마술이 깃든 고대 마도구 사용자인가?"

리오가 눈을 크게 뜨고 아리아를 응시했다.

아리아는 화려한 몸놀림으로 담담히 마물의 머리를 벴다. 그 모습을 조금 물러난 곳에서 레이먼 일행이 넋이 나간 얼굴로 보고 있었다.

"저 길 끝에서 싸우는 여자?"

세리아가 그렇게 물어보며 가만히 응시했다. 《신체능력 강화마법》으로는 정령술로 시력을 강화한 리오와 아이시아만큼 잘 보이지 않았다.

"시녀가 입는 급사복, 이지? 저거."

세리아가 시녀복을 입고 마물과 싸우는 여자를 응시했다.

"네."

리오가 쓴웃음을 지으며 고개를 끄덕이자―.

"어? ……잠깐만."

세리아가 놀라서 눈을 크게 떴다.

"왜 그러세요?"

리오가 이상하게 여기며 세리아에게 물었다.

"아, 아니…… 친구랑 너무 비슷해서, 아리……아?"

세리아가 의아해하며 고개를 갸웃거렸다.

"지인이 저곳에?"

리오가 놀라서 물었다.

"으, 응. 저 시녀복을 입고 검을 휘두르는 사람인데 리카 상회라고 해야 하나, 크레티아 공작가의 영애를 모시는 친구, 같아. 흐릿하게 보이지만……."

세리아가 당황해서 고개를 끄덕였다.

"크레티아 공작가의 영애를 모시는 친구분이요……?"

즉, 저 집단 속에 아리아의 주인이 있을 가능성이 있다고 리오는 생각했다. 그렇다면 저 정도 수의 기사가 호위하는 것도 이해가 갔다.

'아마도 주인은 리제롯테 크레티아…….'

리오는 아리아의 주인을 짚어봤다.

"하루토, 상황이 이상해. 저거, 전에 우리를 공격한 마물과 같은 놈."

아이시아가 아리아와 대적하는 마물 떼를 가리켰다. 그곳에는 레버넌트 무리가 있었다.

"……정말이네. 저건 강한데, 괜찮을까?"

전투기술은 그렇다 치고, 경이적인 터프함과 신체능력 때문에 마법으로 신체능력을 강화한 기사도 애먹을 수 있었다.

"그 밖에도 숲에 강한 마물의 기척이 여럿 있어."

아이시아가 살짝 험악하게 말했다.

"음머어어어!"

그러자 미노타우로스가 상공까지 울려 퍼지는 포효를 지르며 길로 뛰어나왔다.

"……저건…… 저런 것까지 있다니."

리오가 눈을 크게 떴다.

"저, 저기, 저거라니……?"

세리아가 불안해하며 리오에게 물었다.

"왕립학원에 다닐 때, 연습 중에 우리를 공격해와서 제가 쓰러뜨린 마물이에요."

"그거 미노타우로스…… 맞지? 앗, 아리아가!"

리오가 대답하자 세리아가 놀라며 마물의 이름을 말했다. 직후, 아래에 있는 아리아가 레버넌트 무리와 미노타우로스를 향해 뛰쳐나갔다.

"……저 마물 떼를 상대로 대단해."

리오가 존경을 담아 중얼거렸다. 아리아는 분전했다. 고블린과 오크처럼 바로 처리하지는 못하고 방어태세에 들어갔지만, 제대로 전투를 펼쳤다.

"아리아……."

세리아가 안타까워하며 아래에 있는 아리아를 내려다봤다.

"선생님……."

세리아의 얼굴을 괴롭게 바라본 리오는—.

"아이시아."

아이시아를 불렀다. 그러나 아이시아는 리오의 부름에도 가만히 아래에 있는 숲을 내려다봤다.

"아이시아?"

"……미안, 왜?"

재차 부르자 아이시아가 사과하고 리오에게 대답했다.

"무슨 일 있어?"

"아니. 기분 탓이야. 왜?"

리오가 묻자 아이시아가 고개를 젓고 되물었다.

"생각이 있으니까 전투에 가세하러 갈게. 선생님을 데리고 안전한 곳으로 피해줄래?"

「기분 탓」이라는 말이 조금 마음에 걸렸지만, 리오는 아이시아에게 부탁했다.

"……알았어."

아이시아가 순간 망설이다가 대답했다.

"뭐?! 아, 안 돼, 위험해!"

동시에 세리아가 당황해서 복잡한 표정으로 리오를 걱정했다. 아마 리오라면 친구를 구해줄지도 모른다는 기대와 리오를 위험에 처하게 하고 싶지 않다는 마음이 부딪쳤다.

"선생님의 친구가 분투하고 있으니까……."

"새 마물."

리오가 세리아를 안심시키려고 하자 아이시아가 날카롭게 말했다. 새로운 미노타우로스가 대열 한가운데에 내려섰다.

"위험해 보이네요. 조금 서두를게요. 부탁해, 아이시아!"

리오가 그 말을 남기고 급히 지상으로 내려갔다.

그리고 리오가 지상에 접근하는 그 순간—.

'위험해라, 위험해. 저도 참…….'

레이스는 숲에 숨어 기척을 지우고 있었다. 숲의 나무에 가려 상공이 보이지는 않지만, 의식은 머리 위 높은 곳을 향했다.

'늦게 알아차리긴 했지만, 필요한 장기말은 다 꺼냈습니

다. 하지만 앞으로는 능력을 사용하지 않는 편이 좋겠군요. 이쪽을 알아차리겠어요.'

식은땀이 흘렀다.

'그런데 이 정령의 기척은…… 그런 것, 일까요? 모처럼 여기까지 일을 잘 진행해놨는데 난감하네요. 이거 참, 어떻게 되려나…….'

외투 후드로 숨긴 얼굴은 웬일로 근심에 잠겼고, 괴롭게 목을 울렸다.

정령환상기

❰ 제 9 장 ❱ ✻ 영웅담

리오는 도움에 나서자마자 미노타우로스 한 마리를 격퇴하고—.

"돕겠습니다."

아래에 있는 리제롯테에게 말했다. 죽은 미노타우로스가 재가 되어 반석 대검과 마석만 남기고 사라지자 올라서 있던 반석 대검에서 뛰어내려 리제롯테 곁에 착지했다.

"어, 아……."

리제롯테는 놀라서 눈앞에 내려선 리오를 올려다보고 말을 잃었다. 아니, 무슨 말을 해야 한다고 생각했지만, 말이 잘 나오지 않았다. 밀착한 클로에도 숨을 삼키고 리오의 얼굴을 올려다봤다.

"리제롯테 님!"

그때, 시녀 코제트와 나탈리가 달려왔다. 재빨리 자기들을 공격한 레버넌트를 무찌르고 주인의 곁으로 내달려왔다.

"당신은……."

리제롯테를 부축하던 나탈리가 리오의 등에 말을 걸었다.

"음머어어어!"

그때, 대화를 방해하듯이 길 전방에 있던 미노타우로스 두 마리 중 한 마리가 달려왔다. 높이 뛰어올라 곧바로 리오가 있는 쪽으로 달려왔다.

"뭣!"

거구에 어울리지 않는 속도에 리제롯테와 시녀들이 한 발 늦게 반응했다.

"음머어!"

미노타우로스는 리오를 겨냥해 압도적인 무게와 낙하 속도에 몸을 맡겨 착지와 동시에 반석 대검을 리오에게 내리쳤다.

"읏······?!"

리제롯테 일행은 비명도 지르지 못하고 밀어닥치는 충격에 자기도 모르게 얼굴을 감싸며 눈을 감았다. 잠시 후, 조심스레 눈을 뜨니—.

"그흐윽."

미노타우로스가 의기양양하게 웃고 있었다. 하지만—.

"거짓, 말······. 서, 있어?"

말도 안 돼······. 리제롯테 일행은 눈을 의심했다. 그렇다. 그들의 눈앞에는 자신의 검으로 반석 대검을 막고 두 다리로 선 리오가 있었다.

"음머?! 으, 음머어어어!"

미노타우로스는 아래에 있는 리오와 시선이 마주치자 놀라서 눈을 번쩍 떴다. 그 직후, 광기로 물든 눈에 두려움이 스치더니 반석 대검으로 미친 듯이 리오를 공격했다.

"꺄악?!"

암반이 부서져 튀어 오를 기세의 충격이 전해져 리제롯

테 일행이 작게 비명을 질렀다.

리오는 바로 뒤에 있는 리제롯테 일행을 감싸듯이 묵묵히 미노타우로스의 검을 막았다. 잠시 후, 미노타우로스의 맹공이 멈췄다.

"그흐으…… 윽?!"

미노타우로스가 거친 숨을 내쉬며 리오가 있던 곳을 내려다봤다. 건재한 리오를 발견한 미노타우로스는 황급히 뒤로 물러났다.

"직접 뒤로 물러나 주면 고맙지."

리오가 전진해서 미노타우로스를 추격하기 시작했다. 땅을 세게 박차고 순식간에 미노타우로스에게 접근했다.

"음머어, 음머어!"

그러나 미노타우로스도 필사적이었다. 얼른 수직으로 검을 내리쳐 리오를 공격하려고 했다. 반석 대검이 다가오는 리오의 몸을 정확하게 노렸다. 리오가 검으로 공격을 막았지만, 중량 차이 때문에 바닥으로 튕겨 나갔다.

하지만 그 정도는 리오도 예상했다. 리오는 착지한 뒤, 다시 다리에 힘을 실어 미노타우로스를 향해 뛰어올랐다.

미노타우로스는 다시 거칠게 검을 휘둘렀다. 이번에는 검을 가로로 휘둘러 정확하게 조종해 리오를 옆쪽 숲으로 날려버리려고 했다.

그러나 리오가 검을 들고 부딪친 순간—

"음머어어?!"

예기치 못한 반응에 미노타우로스는 당황했다.

리오는 공격 속도에 맞춰 검날과 몸을 재빠르게 틀어 공격을 깨끗하게 흘려 넘겼다. 그리고 미노타우로스가 휘두른 검 위에 가볍게 올라탔다.

"말도 안 돼!"

무시무시한 전투기술에 리제롯테 일행이 참지 못하고 놀라움을 나타냈다.

다음 순간, 반석 대검을 든 미노타우로스의 오른 손목이 뎅겅 잘려나갔다. 들고 있던 대검이 요란한 소리를 내며 땅에 꽂혔다.

리오는 그대로 미노타우로스의 오른팔을 타고 달려 목을 날려버리려고 했다.

"위험해!"

리제롯테와 시녀들이 입을 모아 외쳤다. 어느새 양쪽 숲에서 검은색과 회색의 레버넌트 세 마리가 뛰쳐나와 리오를 공격하려고 했다. 양옆에서 협공하며 크게 뛰어올랐다.

하지만 그때 이미 양옆의 복병에 대처할 준비에 들어간 리오는 미노타우로스의 머리를 노리는 것은 뒤로 미루고 멈춰섰다.

'이 녀석들은 상당히 터프해. 즉사시키려면 목 위, 약점은 심장······.'

즉시 공격 목표를 정한 리오는 가장 가까이 접근한 오른쪽 검은 레버넌트에게 눈길도 주지 않고 검을 휘둘렀다.

직후, 오른쪽에서 덤벼든 검은 레버넌트의 머리가 깨끗하게 잘려 날아갔다.

남은 것은 양옆에서 뒤늦게 달려드는 회색 레버넌트 두 마리. 리오는 무턱대고 공격하는 레버넌트 두 마리를 아슬아슬한 정도까지 끌어당기더니—.

"윽?!"

슥 몸을 빼서 양옆의 공격을 피했다. 레버넌트들은 서로의 기세에 밀려 거칠게 충돌했다. 리오는 그대로 레버넌트 두 마리의 머리를 한 번에 날려버렸다.

기습부터 지금까지 고작 몇 초도 지나지 않았다. 그러나 오른 손목이 잘린 미노타우로스가 태세를 정리하기에는 충분한 시간이었다.

"음머어!"

미노타우로스는 왼손으로 땅에 꽂힌 검을 뽑고 리오가 올라탄 오른팔을 휘두르며 후퇴했다. 다음 순간, 리오가 바닥에 착지했다. 그리고 숨통을 끊지 못한 미노타우로스를 다시 추격했다. 리오는 땅을 기듯이 달려 미노타우로스에게 접근했다.

"음머어어어어!"

미노타우로스는 땅을 박차는 리오를 노려 있는 힘껏 검을 휘둘렀다. 그러나 리오는 땅에 단단히 발을 대고 정면으로 미노타우로스의 검을 받아쳤다.

둘은 엄청난 속도로 서로의 무기를 부딪쳤다. 검이 부딪칠 때마다 굉음이 울려 퍼지고 이 세상의 광경이라고 생각할 수 없는 공방전이 펼쳐졌다. 그것은 신마전쟁기 신화 속의, 영웅의 전투 같았다.

"거, 거짓말이지. 저런 거구와 정면으로 맞서다니……?!"

코제트가 놀라서 비명과도 같은 목소리로 말했다.

"……아니, 저 아이가 압도하고 있어. 저걸 밀어붙이고 있잖아."

나탈리가 떨리는 목소리로 말했다.

그렇다. 응수의 저울은 명백히 리오에게로 기울어졌다. 리오는 미노타우로스를 대열 밖으로 밀어내기 위해 압도적으로 밀어붙였다.

"윽, 이 틈에 태세를 정비한다! 클로에는 부상자를 대열 안으로 옮겨! 나탈리와 코제트는 무사한 기사분들에게 측면 수비를 단단히 하라고 전해! 측면 공격이 멈췄지만, 방심하지 마! 다른 시녀들은 자유롭게 공격! 나는 이제 괜찮으니까!"

리제롯테가 안색을 바꾸고 주변의 시녀들에게 말했다.

"네, 네!"

나탈리 일행이 입을 모아 대답하고 서둘러 움직였다.

"플로라 님, 용사님, 로아나 님, 다친 곳은 없으십니까?!"

리제롯테가 플로라 일행에게 달려가 걱정하며 말했다. 셋 다 멍하니 굳어서 리오와 미노타우로스의 전투를 바라봤다.

"……네, 저는 아무렇지도……."

플로라가 넋이 나간 얼굴로 대답하며 멍한 눈으로 리오의 뒷모습을 가만히 바라봤다. 그 입술이 "그때 같아."라고 작게 움직였으나 알아차린 사람은 없었다.

"뭐, 예요. 저게……?"

로아나가 방심한 채 중얼거렸다.

"……."

히로아키는 완전히 말을 잃었다.

"모두 무사하시군요. 이제 유그노 공작님만 무사하시면……."

리제롯테는 안도의 한숨을 내쉬었다. 뒤에 있는 마차를 보니 어느새 유그노 공작이 밖으로 나와 서 있었다.

"……."

히로아키처럼 말을 잃고 리오와 미노타우로스의 전투에 눈을 빼앗겼다. 그 전투도 막바지에 이르렀다. 머리가 날아간 미노타우로스가 무릎을 꿇고 힘없이 쓰러졌다.

"이제 남은 미노타우로스는 저기 길 안쪽에 있는 한 마리, 그리고 길 반대쪽에 있는 미노타우로스— 마침 아리아가 한 쪽을 쓰러뜨린 모양이야! 이길 수 있겠어."

리제롯테가 길 앞뒤를 보고 승리를 확신했다.

나타난 미노타우로스는 진행 방향에서 나타난 두 마리, 대열 한가운데에 뛰어든 한 마리, 길 뒤쪽에 나타난 한 마리. 그중 세 마리는 리오와 아리아가 각개격파했다. 남은 것은 진행 방향에 있는 한 마리뿐이었다.

아리아는 지금 남은 레버넌트들을 상대하는 중이었지만, 확실하게 한 마리씩 쓰러뜨렸다. 섬멸은 시간문제였다.

"음머어어어어!"

그때, 남은 마지막 미노타우로스가 힘차게 포효했다. 길을 가로막은 리오를 노려보듯이 응시했다. 대기가 찌르르 진동했다.

"으?!"

리제롯테는 자기도 모르게 몸을 움츠렸다. 곁에 있는 플로라도 "힉." 하고 작게 비명을 지르며 몸을 움찔했다.

"괜찮아요."

리제롯테가 플로라의 몸을 다정히 끌어안았다.

"네, 네. 고마워요……."

플로라가 안심하고 긴장을 푼 순간—.

"크아아아!"

회색 레버넌트 여러 마리를 시작으로 수많은 고블린과 오크가 양쪽 숲에서 리오를 향해 줄줄이 뛰쳐나왔다.

'아, 아직도 복병이 있었어?!'

리오에게 달려드는 수많은 마물을 보고 리제롯테는 깜짝 놀랐다. 리오는 크게 뒤로 물러나 마물의 기습에 대응했다.

"음머어!"

리오가 마물에 대처하는 찰나의 틈을 노려 미노타우로

스가 거구에 어울리지 않는 빠른 속도로 뛰쳐나갔다.

"윽……!"

멀리서 봐도 알 수 있는 박력과 땅 울림에 리제롯테의 몸이 살짝 굳었다. 플로라를 지키듯이 끌어안은 힘도 조금 세졌다. 플로라도 리제롯테의 몸을 꼭 끌어안고 아직도 밀려오는 마물과 맞서는 리오의 등을 빤히 바라봤다.

"그흑."

그 순간, 미노타우로스가 즐거운 듯이 웃으며 크게 뛰어올랐다. 마물과 맞서는 리오를 뛰어넘을 기세였다.

"우리를 노리는 거야?!"

미노타우로스의 목적을 깨달은 리제롯테가 자기도 모르게 숨을 삼켰다. 자신들을 노리는 게 분명했다. 그러고 보니 아까도 다른 미노타우로스가 자기를 잡으려 했다는 생각이 들었다.

"그흐흐흑, 윽?!"

한편, 미노타우로스는 의기양양하게 웃으며 진행 방향 아래에 서 있는 리오를 내려다봤다. 그러다 오히려 리오가 차갑게 올려다보고 있다는 것을 깨닫고 몸을 움찔했다. 그리고 다음 순간, 리오의 모습을 놓쳤다.

"어?"

거의 동시에 리제롯테와 플로라가 소리를 높였다. 수십 미터 앞에서 마물과 싸우던 리오가 어느새 자기들 곁에 서 있었기 때문이었다. 리오가 홀연히 모습을 감추자 마물들이 당황해 주위를 둘러봤다.

"걱정하지 마세요. 이번에 저것도 처리하겠습니다."

리오는 짧은 말을 남기고 손에 든 드워프제 보검에 마력을 실어 도움닫기로 미노타우로스를 향해 도약했다. 손에 든 보검이 눈부시게 빛났다.

"……마검."

리제롯테가 멍하니 중얼거렸다. 리오가 든 보검의 검날에서 엄청난 폭풍이 휘몰아치고, 작은 회오리가 되어 뭉쳤다.

"음머어?!"

미노타우로스는 눈앞에서 자신을 향해 날아오는 리오를 알아차리고 황급히 검을 휘둘렀다. 리오도 정면으로 검을 휘둘렀다.

"음머어어어어어어어어어어!"

미노타우로스는 자신을 북돋듯이 온 힘을 다해 포효했다. 다음 일격으로 모든 것이 결정된다는 것을 깨달았으리라. 자신이 가진 모든 힘을 반석 대검에 실었다.

한편, 깨어 있는 모든 사람의 눈이 공중 결전에 못 박혔다. 전율하며, 분명한 고양감을 느끼며, 사투의 끝을 지켜봤다.

서로의 검이 부딪치고—.

콰아앙, 굉음이 울려 퍼졌다.

동시에 폭풍 같은 거센 바람이 휘몰아쳤다.

미노타우로스가 들고 있던 반석 대검이 가루가 되어 부서

지고 리오가 쏜 폭풍 공격이 정통으로 들어갔다. 거구는 폭풍 포격을 맞고 날아가 엄청난 속도로 바닥에 떨어졌고—.

"그억?"

길 위에 무리 지은 마물들을 한 방에 쓰러뜨렸다. 마물들은 마지막 순간, 거대한 검은 그림자가 그들 위로 떨어지는 것을 인식하고 짓눌려 죽었다.

엄청난 충격과 굉음 뒤에 남은 것은 한동안의 정적. 조금 늦게 리오가 바닥에 가볍게 착지했다. 잠시 후—.

"으아아아아아아아아아!"

환성이 솟아올랐다.

그중에는 선망을 넘어 질투를 품은 사람과 애써 냉정하게 관찰하는 사람도 있었으나, 지금 이 순간만은 압도적 대다수가 동심으로 돌아간 것처럼 가슴을 불태웠다.

신화 같은 전투의 종결.

그것은 즉—.

새로운 영웅담이 탄생하는 순간이었다.

흥분이 가라앉지 않는 와중에—.

"리제롯테 님, 마물이 숲으로 퇴각하고 있습니다. 아직 경계를 풀 수는 없지만, 우선 위기는 벗어났다고 판단해도 무방할 것 같습니다."

아리아가 보고하러 나타났다. 바로 뒤에는 나탈리와 코제트 등 시녀 여러 명이 서 있었다. 다만, 모두 어딘가 부끄러운 표정을 짓고 있었다.

"긴급한 순간 아가씨를 지키지 못한 점, 용서를 구할 길이 없습니다. 이번 일이 처리되면 모두 어떤 처분도 겸허히 받겠습니다."

그리고 일제히 머리를 숙였다.

"정말, 무슨 말이야? 너희는 최악의 상황에 최선을 다해 줬어. 오히려 특별 수당을 주고 싶을 정도지만, 지금은 사상자 확인과 치료를 서둘러줘. 자, 해산! 앗, 아리아는 남아줘. 저 사람과 이야기하고 싶으니까 따라와."

리제롯테가 어처구니없어하며 탄식하더니 손뼉을 치며 시녀들에게 움직이라고 독촉했다. 그리고 아리아만 불러세운 뒤, 길가에 따분하게 서 있는 리오를 봤다.

"알겠습니다."

아리아는 공손히 고개를 끄덕였다.

"저, 저기! 저, 저도 같이 갈게요!"

리제롯테 옆에 기대어 있던 플로라가 서둘러 부탁했다.

"……그럼 아리아 뒤에."

리제롯테는 순간 망설였다가 허락했다. 지금은 당장 리오에게 달려가고 싶었다.

"나도 가겠네."

유그노 공작이 다가오자마자 같이 가겠다고 제안했다.

네 사람은 리오에게 다가갔다.

　리오는 주변 숲을 경계하다가 리제롯테 일행이 다가오는 것을 알아차렸다. 검을 허리에 찬 검집에 넣고 예의 바르게 인사했다.

　'예의 바른 사람 같아. 잘생겼는데…… 이 얼굴은 설마……? 아니야. 교육을 잘 받고 자란 것 같은데 귀족인가? 그런데 처음 보는 얼굴이야. 이렇게 강한 사람이 유명하지 않을 리가…….'

　리제롯테는 그런 첫인상을 받으며 대화하기 지장이 없는 거리까지 리오에게 다가갔다.

　"궁지에 몰린 저희를 구해주셔서 정말 감사합니다. 저는 리제롯테 크레티아라고 합니다. 근처에 있는 아망드라는 도시의 대관입니다."

　치맛자락을 잡고 단아하게 감사를 표하며 자기소개와 함께 인사했다.

　"……아뇨, 저는 하루토라고 합니다."

　리오는 옆에 있는 플로라의 얼굴과 머리카락 색을 확인하고 살짝 숨을 삼켰지만, 짧게 자기소개를 하고 허리를 숙였다.

　"하루토 님……이시군요."

　리제롯테도 리오의 이름을 듣고 잠깐 몸을 굳혔다.

　"여쭙고 싶은 것이 많습니다만, 우선 여기 계신 두 분을 소개해 드리겠습니다. 여기 계신 분은 벨트람 왕국의 제2

왕녀 전하, 플로라 님이십니다. 그리고 유그노 공작가의
현 당주 구스타브 님이십니다."

하지만 곧바로 다시 미소를 짓고 플로라와 유그노 공작
을 소개했다. 이렇게 소개받는 경우, 지위가 높은 사람부
터 인사하는 것이 전통인데—.

"······."

플로라는 멍하니 침묵했다. 확신은 없었다. 그러나 누군
가의 모습을 겹치듯이, 그 눈은 리오의 얼굴에 빨려 들어
갔다.

한편, 새로운 영웅담의 관전자는 숲속에도 있었다.

레이스다.

"엄청난 힘이군요. 뭐, 인간형 정령의 계약자라면 저 정도는 당연하지만요……."

레이스는 일이 생각대로 풀리지 않은 것에 낙담했다.

'이쪽의 전술이 한 사람의 등장으로 전부 엎어졌네요. 리제롯테 크레티아인가, 아니면 유그노 공작파의 비장의 수인가……. 어느 쪽이든 얼마 전의 결혼식을 방해한 게 그들의 소행일 가능성이 커졌습니다. 정말 엄청난 복병이군요. 이래서 인간을 쉽게 얕볼 수가 없어요.'

계산하지 못한 사건에 망연히 탄식했다.

'……계획을 수정할 수는 없지만, 전력이 압도적으로 부족하군요. 아망드 습격을 위해 준비한 마물의 절반을 잃었어요.'

레이스는 이 사태를 받아들이고 앞으로 어떻게 해야 할지 생각했다.

"전력 보충이 시급하군요."

그리하여 이끌어낸 결론은 계획 속행이었다.

'그나저나 저 시녀는 몰라도, 그는 미노타우로스와 레버넌트 정도로 어떻게 할 수 있는 상대가 아니에요. 이블 블

랙 와이번까지 잃을 수는 없고 마물로는 복잡한 지시를 실
행하기가 어렵죠. 그렇다면 루시우스⋯⋯.'

　　레이스는 고민에 고민을 거듭했고―.

　"인격에 조금 문제가 있지만, 그를 부르도록 할까요."

　　지원군으로 도움을 청할 사람을 선정했다.

여러분, 안녕하세요. 키타야마 유리입니다.『정령환상기 6. 봉마의 전주곡』을 읽어주셔서 정말 감사합니다.

6권이 발매됐습니다. 1권이 발매되고 벌써 1년 하고 3개월의 세월이 흘렀습니다. 전적으로 늘 각별한 성원을 보내주시는 여러분 덕분입니다. 깊이 감사드립니다. 정말로 마음에서 우러나온 감사를!

본편 내용으로 넘어가겠습니다. 7권 예고는 다음 페이지에 나온 그대로입니다. 지금은 7권 이후의 플롯까지 썼습니다. 권수가 늘 때마다 여러가지 의미에서 불타오를 수 있는 전력 전개가 되길 바라며 담당 편집자 N 씨와 여러모로 생각하고 있으니, 다음 권 이후의 이야기도 기대해주셨으면 좋겠습니다. 그럼 이번 후기는 여기까지.

마지막으로 tenkla 선생님이 그리는 만화 버전『정령환상기』도 HJ문고 공식 홈페이지에서 무료 연재 중이니 아직 안 보신 분이 계신다면 꼭 봐주세요!

2016년 10월 말일

키타야마 유리

정령환상기

SEIREI GENSOUKI Vol.6

©Yuri Kitayama
Originally published in Japan in 2016 by HOBBY JAPAN CO., Ltd.
Korean translation rights ©2021 by Somy Media, Inc.

정령환상기 6 ―봉마의 전주곡―

2021년 10월 30일 1판 2쇄 발행

저   자 키타야마 유리
일러스트 Riv
옮 긴 이 이은혜
발 행 인 유재옥
본 부 장 조병권
담당편집 정영길
편 집 1 팀 이준환 박소연
편 집 2 팀 정영길 김민지 조찬희
편 집 3 팀 오준영 곽혜민 이해빈
디 자 인 김보라 서정원
라이츠담당 한주원 이다정
디 지 털 박상섭 이성호 최서윤
발 행 처 ㈜소미미디어
제 작 처 코리아피앤피
등   록 제2015-000008호
주   소 서울시 마포구 토정로 222, 403호 (신수동, 한국출판콘텐츠센터)
판   매 ㈜소미미디어
마 케 팅 한민지 최정연
물   류 허석용
전   화 편집부 (070)4164-3962, 3963 기획실 (02)567-3388
         판매 및 마케팅 (070)4165-6888 Fax (02)322-7665

ISBN 979-11-6611-652-0 (04830)
ISBN 979-11-6611-646-9 (세트)